독서치료의 **첫걸음**

푸른책들이 펴낸 〈명창순 작가〉의 책들

울어도 괜찮아 (장편동화)

안녕, 사바나 (장편동화)

독서치료의 첫걸음 (이론서)

아동청소년문학도서관 ❸

독서치료의 **첫걸음**

초판 1쇄 2008년 10월 30일

초판 3쇄 2010년 4월 20일

지은이 명창순 | **펴낸이** 신형건

펴낸곳 (주)푸른책들 | **등록** 제321-2008-00155호

주소 서울 서초구 양재동 115-6 푸르니빌딩 (우)137-891

전화 02-581-0334~5 | **팩스** 02-582-0648

홈페이지 www.prooni.com | **이메일** prooni@prooni.com

글 ⓒ 명창순, 2008

ISBN 978-89-5798-150-4 04800

이 도서의 국립중앙도서관 출판시도서목록(CIP)은 e-CIP 홈페이지(http://www.nl.go.kr/cip.php)에서 이용하실 수 있습니다.(CIP제어번호 : CIP2008002914)

독서치료의 **첫걸음**

명창순 지음

푸른책들

어린이들은 책이 필요합니다

나는 독서치료사와 동화작가, 두 가지 일을 하고 있습니다.

1997년부터 사회교육기관에서 독서교육 강의와 어린이 독서프로그램을 진행한 것을 계기로 독서치료를 시작하였습니다. 그 때 책과 독서가 지닌 여러 장점들을 현장에서 직접 체험할 수 있었는데, 가장 강렬한 느낌은 '책과 삶이 서로 소통하고 반응한다는 점'이었습니다.

아이들은 책 속 인물들과 대화를 나누고, 그들을 위로하고 격려하며, 때론 자신의 경험과 아픔을 털어놓았습니다. 이런 과정을 통해 자신의 문제를 스스로 해결하고, 자신의 상처를 스스로 치유했습니다.

그래서 나는 조금 더 가까이 가 보고 싶었습니다. 2001년 대학원에 들어갔고, 다음 해에 독서치료전문가과정(한국독서치료학회 주관) 1기로 공부했습니다. 당시 관심을 갖고 있던 저소득층 한부모 · 조손 가정 아이들을 대상으로 「독서요법을 통한 친사회성 개발 사례 연구」로 석사학위를 받았고, 이후 학회 수련과정을 밟으며 복지관 아동발달지원

센터에서 아동과 청소년을 대상으로 다양한 사례의 개인 및 집단 독서 치료 상담을 진행하고 있습니다.

독서치료사는 관심을 갖고 조금씩 영역을 확대시켜 공부하다가 상담으로까지 발전시킨 경우라면, 작가는 어렸을 때부터 오랫동안 품어 온 뜻을 이루게 된 일입니다. 2003년 공모제에 당선돼 동화작가로 출발하게 되었으니, 작가와 독서치료사의 삶을 비슷한 시기에 시작한 셈입니다. 이렇게 시작한 두 가지 일을 나는 모두 좋아합니다.

독서치료사와 작가는 대상자와 적정한 거리를 유지해야 한다는 공통점이 있습니다. 너무 가까이 있으면 넘치고, 너무 멀리 있으면 놓치기 쉽습니다. 적당한 거리에서 사랑하고 관심을 기울일 것, 바로 이 점이 독서치료사로서도 작가로서도 중요합니다.

물론 차이점도 있습니다. 작가는 내가 만든 세상에서 이야기를 풀어 나가지만, 독서치료사는 만들어진 세상에서 현실을 다뤄야 한다는 점입니다. 하지만 이런 각각의 특징은 서로 도움을 주기도 합니다. 독서 치료사로서 갖게 되는 현실의 경험이 작가의 작품에 깊이를 더하기도 하고, 작가로서 지닌 이야기를 만들어가는 능력이 독서치료사로서 현실 문제를 해결하는 데 영향을 주기도 하니까요.

내가 가장 좋아하는 어린이들과, 내가 가장 좋아하는 책으로 만나, 함께 마음을 나눌 수 있어 나는 행복한 독서치료사입니다. 또한 내가 가장 좋아하는 어린이들을 지켜 보며 그들의 삶을 이야기할 수 있어 행복한 작가이기도 합니다.

지금은 내가 독서치료를 처음 시작하던 때보다 훨씬 더 많은 사람들이 이 분야에서 일하고 있고, 주위의 관심도 높습니다. 하지만 여전히 독서치료에 대한 소개는 미비합니다. 그래서 그 동안 상담 현장에서 고민하고 실수하며 만들어 온 경험을 정리해, 첫걸음을 떼는 심정으로 세상에 내놓습니다. 2005년부터 2006년까지 1년 간 〈동화읽는가족〉

에 연재했던 원고들을 바탕에 두고 몇 가지 사례들과 내용을 보탰습니다.

소개된 사례에 등장하는 아이들은 모두 가명을 사용했고, 상담할 당시의 나이를 표기했습니다. 또 개인의 특이한 인적사항은 공개하지 않았습니다. 기관에서 의뢰했던 사례들은 담당교사들과 원고 내용에 아이들의 사생활이 노출된 부분이 있는지 검토했고, 부모님들과 접촉할 수 있는 경우엔 허락을 받는 등 여러 각도에서 주의를 기울였습니다.

이 사례집은 독서치료의 고유한 특성을 소개하기 위해서 '책'을 통해 아이들이 보이는 반응과 문제를 해결해 나가는 과정에 초점을 맞춰 정리했습니다. 그런 점에서 한 아동의 상담 전 과정을 소개하기보다 주제별로 나누어 그에 해당하는 아동들의 상담 사례들을 모아 부분적으로 소개하는 방식을 택했습니다. 또한 독서치료사와 관련 종사자,

관심 있는 학생들에게 독서치료에 실제적으로 접근할 수 있는 모델 역할을 할 수 있도록 적합한 사례들을 싣고자 했습니다. 부모, 교사를 포함한 일반인들에겐 책에 반응하는 어린이들의 심리를 좀더 깊이 이해하는 데 도움이 되기를 바랍니다. 그래서 누구나 쉽게 읽을 수 있도록 쓰고자 했습니다.

책을 읽어줄 때 장난만 치던 말썽꾸러기가 어느 날 책 한 권을 찾아 가슴에 안고 다닙니다.

"전 이 책이 있어야 마음이 놓여요."

우울하고 위축되어 있던 아이가 책을 보는 동안 눈망울이 점점 커지더니 말합니다.

"나랑 똑같은 아이도 있었네."

갑작스런 가정환경의 변화로 인해 길고 힘들었던 상담 과정을 마친 아이가 편지를 썼습니다.

"선생님, 저는 책이 이렇게 마음에 도움이 되는 줄 몰랐어요."

그 동안 나와 함께 마음 여행에 동행한 아이들의 기록을 여기에 담았습니다. 비교적 효과적인 사례들을 취합한 까닭도 있지만, 자기의 길을 찾아가는 아이 한 사람 한 사람이 얼마나 훌륭했는지 원고를 정리하며 새삼 감탄스러웠습니다. 책과 아이들 곁에서 나 역시 나를 위로하고 나와 화해하며 마음의 힘을 키울 수 있었습니다.

살아 숨쉬는 '책이 지닌 힘' 때문이라고 생각합니다. 한 권의 책은 지금도 어딘가에서 그 놀라운 힘을 발휘하고 있을 것입니다.

지금, 어린이들은 책이 필요합니다.

2008년 가을

명 창 순

| 차 례 |

독서치료란 무엇인가

마음의 상처와 심리적 문제를 겪고 있는 사람들은 자신의 상황과 감정을 잘 표현하지 못한다. 그 이유는 표현력이나 판단력이 부족해서일 수도 있고, 자기 방어나 긴장 때문이기도 하다. 또 자신을 돌아볼 최소한의 힘조차 남아 있지 않아서일 수도 있다. 특히, 마음의 상처를 갖고 있는 어린이들과 대화하는 것은 쉽지 않다.

독서치료는 이러한 경우에 매우 유효하다. 상담 기법의 하나인 독서치료는 책을 연결 고리삼아 대상자에게 좀더 쉽게 다가갈 수 있고, 대상자는 책에 기대어 편안하게 자신의 문제에 접근할 수 있도록 하기 때문이다. 바로 이것이 독서치료의 가장 큰 장점이라 할 수 있다.

책 속 등장인물을 통해 자신의 경험과 생각을 이끌어 내므로 독서치료 대상자는 긴장하지 않고 불편한 감정을 느끼지 못한다. 또 문학작품 속 다양한 이야기들을 통해 자기성찰을 이끌어 내기 쉽다. 뿐만 아니라 독서치료 과정에서 '책과 반응하는 훈련'을 많이 하게 되므로, 상담이 끝난 후에도 혼자 읽고 스스로 적용해 볼 수도 있다.

친구들에게 따돌림 당한 아이는 자신과 비슷한 상황의 작품 속 주인공을 통해 억눌렀던 아픔과 분노를 꺼내놓는다. 주인공과 자신을 위로하고, 상황을 객관적으로 다시 보고, 책에서 보여준 갈등 해결과 결과를 거울삼아 자기 길을 스스로 찾아갈 수 있다.

이 때 독서치료사는 전문가로서, 좀더 효과적인 책을 골라 발문하고, 마음을 표현할 수 있도록 책을 활용하며, 궁극적으로 대상자가 지닌 마음의 문제를 해결할 수 있도록 돕는다.

이 세상 어떠한 책도 삶의 행복을 직접 가져다주지는 않는다. 그러나 한 줄의 글, 한 권의 책을 읽으면서 마음의 위로를 받고 새로운 힘을 얻은 경험은 누구나 있을 것이다. 딱딱한 한 권의 책이 살아 숨쉬는 유기체와 같은 역할을 하는 순간이다.

최근 독서치료에 대한 관심이 매우 높아졌음을 실감한다. 독서교육이나 상담을 하는 분들에겐 흥미로운 분야이고, 책을 좋아하는 분들에겐 매력적인 분야이다. 현재 독서치료사를 키워내는 전문과정이 대학과 학회를 중심으로 개설되어 있고, 상담실·복지관·학교·도서관·병원 등의 기관에서 독서치료 상담프로그램이 실시되고 있다.

이 책에 실린 사례들을 좀더 폭넓게 이해하고, 더 나아가 독서치료에 대한 이해를 돕기 위해 간략한 안내를 하겠다.

독서치료의 어원과 발전 과정

독서치료를 뜻하는 '비블리오테라피(Bibliotherapy)'의 어원은 '책, 문학'이라는 뜻의 그리스어 'biblion'과 '도움이 되다, 병을 고쳐 주다'는 뜻의 'therapeia'에서 유래됐다.

'책이 도움을 주고, 마음의 병을 고쳐 준다'는 인식은 고대부터 시작되었다고 볼 수 있다. 테베의 도서관에는 '영혼을 치유하는 장소'라는 글이, 스위스의 중세 대수도원 도서관에는 '영혼을 위한 약 상자'라는 글이 새겨져 있다고 한다.

예로부터 독서의 실천적 의미를 강조한 것은 주요 종교에서도 찾아볼 수 있다. 불교 경전에 '문자법사(文字法師)'라는 말이 있는데, 문자에만 얽매여 참된 이치를 알지 못하는 사람 또는 경을 많이 읽어 문자로는 도를 통한 것 같으나 실제로는 수행이 부족하여 생사해탈을 얻지 못한 사람을 일컫는다. 초기 가톨릭의 묵상적 기도 형식인 렉시오 디비나(Lectio Divina)는 가톨릭 수도 전통에서 수도승들이 성서를 읽던 방법으로, 그들이 몸과 마음, 영혼을 다해 읽던 독서법이다. 이것의 결과로 흔히 무의식에서 진행되는 심리적 통찰력을 얻게 된다고 한다. 개신교에서도 신도들에게 독경(讀經)생활을 강조하는데, 고대 수도승들은 양식을 섭취하듯 성경의 시편을 독서하는 전통을 물려주었다. 이슬람교 경전인 꾸란은 '읽기'라는 뜻으로, 무함마드가 받은 첫 계시가 '읽어라'라는 데서 유래됐다고 한다.

문헌상 최초의 시치료사는 1세기 로마의 내과 의사였던 소라누스로 그는 우울증 환자에게 코미디를, 조증 환자들에게는 비극문학을 처방했다는 흥미로운 기록이 남아 있다.

20세기에 들어서면서 독서치료 연구를 앞장서 발전시킨 나라는 미국이다. 1904년에 처음으로 교육받은 사서가 배치된 병원도서관들이 설립됐고, 그 곳을 중심으로 환자들에 대한 독서치료 서비스와 연구논문들이 발표됐다. 1900년부터 1920년에 공공도서관이 많이 건립되면서 의사들도 책을 치료의 수단으로 사용하기 시작했다.

독서치료의 선구자로 불렸던 도서관 사서 델라니(Delaney)는 '병원은 독서치료를 할 수 있는 장소(1938년)'라는 논문을 발표했다. 그는 많은 사람들이 병원에 입원하기 전까지 책 읽을 읽을 여유를 갖지 못한다는 것에 주목해, 정신과 환자들이 입원해 있는 시기를 환자들을 독자로 만드는 기회로 삼았다. 독서치료의 획기적인 연구는 독서치료에 대한 첫 번째 박사학위 논문(1949년)을 쓴 슈러더스(Shrodes)에 의해서인데, 그는 독서치료가 심리치료의 한 방법으로 사용될 수 있음을 임상적인 연구를 통해 밝혀냈다.

미국에서는 1973년에 미국 시치료협회(APT)가 설립됐고, 1980년에는 흩어져 있던 관련 기관들이 연합해 전국 시치료협회(NAPT)를 결성해 연차대회 및 다양한 활동을 전개하고 있다.

우리나라에서 독서치료 연구가 시작된 것은 1970년대 후반이지만, 본격적으로 발전한 것은 2002년 독서치료 전문가과정이 개설되면서부터다. 곧이어 2003년에 한국독서치료학회가 출범해 연구와 상담활동의 구심체가 되고 있다. 또한 대학원의 여러 학문 분야에서 독서치료 관련 연구가 활발히 진행되고 있다.

누구에게 필요한가?

독서치료의 대상은 매우 넓다. 어린아이부터 성인과 노인에 이르기까지 전 연령에서 가능하며, 일반인들과 신체 및 지적 장애인, 심리적 장애를 겪는 이들까지 다양한 대상자들에게 실시할 수 있다. 읽을 줄 모르더라도 그림을 보거나 이야기를 듣는 것에 관심이 있다면 가능하다. 다만 책이나 문자에 대한 거부감이 있고, 기본적인 생활습관을 익히지 못할 정도로 인지능력이 떨어지는 경우는 시간이 오래 걸리거나 잘 맞지 않을 수 있다.

독서치료는 일반적으로 살아가면서 적응과 성장에 도움을 받기 원하는 이들은 물론이거니와 좀더 깊은 심리적 상처와 문제를 해결하기 원하는 이들 모두에게 적합하다.

독서치료를 실시하고자 할 때 무엇보다 중요한 것은 대상자에 대한 이해이다. 여기에 실린 사례들은 아동과 청소년을 대상으로 한 것인데, 이 시기는 책과 문자의 세계로 들어서는 독서 입문기이며 독서능력과 독서흥미가 발달하는 최적기라는 점에서 독서치료의 효과가 매우 높다.

어린이는 혼자서 살아갈 수 없고 어른의 보살핌을 받아야하기 때문에, 그들이 겪는 어려움의 대부분은 개인의 책임보다는 관계에서 오는 문제로 볼 수 있다. 아동이 처한 가정환경이 불안정할수록, 아동을 둘러싼 사회환경이 불합리할수록, 아동 자신의 자아가 약할수록 심리적 상처와 문제행동은 더 부정적으로 나타날 수 있다. 그래서 아동 상담은 관계된 이들의 이해와 협조를 받아야하는 어려움이 있다.

친구들의 학용품과 물건을 습관적으로 훔치는 아이가 있었다. 어머니가 자신을 예전에 맡겼던 곳으로 돌려보낼까 봐 아이는 걱정이 많았다. 아이의 불안과 두려움은 도벽으로 이어졌고, 양육이 버거운 어머니는 아이의 일탈 행동에 '다시 보내버린다'는 협박성 훈계를 했다. 사실 이 경우, 아이에게 가장 필요한 것은 어머니의 사랑이라는 것을 어머니가 받아들이고 실천할 때만 상담은 효과적으로 진전될 수 있다.

하지만 비록 불안정한 가정환경을 개선시키지 못하고 부모의 협조를 얻을 수 없는 경우라도 아동을 위한 합리적인 사회환경은 꼭 필요하다. 이 시기에 아이들이 제대로 성장하지 못한다면 이후 가정과 학교, 직장, 사회적 적응에 연쇄적으로 어려움을 겪을 가능성이 높기 때문이다. 나아가 일생 동안 자신과 관계된 이들, 공동체 구성원들에게 피해와 고통을 주는 불행한 일로 발전할 수 있다.

아동이 자신이 처한 환경과 어려움 속에서도 이를 견디고 이겨낼 수 있게 하는 것은 아동상담자가 가져야 할 최선의 목표이자 최종의 목표가 될 것이다.

어떤 책이 좋은가?

흔히 독서치료의 자료로 도서만을 사용할 것이라고 생각하기 쉽다. 하지만 도서와 더불어 영화, 슬라이드, 일기, 녹음테이프, 시, 잡지, 사진 등 대상자와 이야기를 나눌 수 있는 자료는 무엇이든 가능하다. 때로 아동이 책 선택에 직접 참여할 때도 있다. 집이나 도서관에서 자신이 원하는 책을 고르거나 상담자가 선정해 놓은 몇 권 중에서 고르게도 한다. 아이의 현재 관심사와 상황을 파악할 수 있고, 선택과 결정권을 키워줄 때 좋다.

때때로 부모들에게서 아이가 이러 저러할 때 읽으면 좋은 책을 소개해달라는 요청을 받곤 한다. 좋은 책 몇 권이 도움이 될 수는 있겠지만, 책 몇 권으로 아이의 상처와 문제가 해결되는 것은 아니다. 책은 다만 상담을 위한 수단이다. 그래서 절대적이지는 않지만, 책은 상담을 더욱 진전시키고 촉진하는 역할을 하기 때문에 여전히 중요하다.

그림책 『강아지 똥』(길벗어린이, 1996)을 보고, 어떤 아이는 "이렇게 재미있는 책 보는 거예요? 난 또 어려운 거 할 줄 알았는데……." 라고 내게 마음을 연다. 어떤 아이는 "강아지 똥도 나처럼 외롭구나, 아무도 이해해 주지 않아서요."라며 주인공을 통해 자신의 상황을 들여다본다. 또 "누가 힘내라고 말해주면 꽃으로 피는 동안 외롭지 않을 텐데…….", "민들레 속에 강아지 똥이 숨어있는 걸 사람들이 알까요?"와 같이 자신의 문제를 책에 기대어 접근해 나간다.

이렇듯 독서치료에서 책은 마음을 열게 해 주고, 문제에 접근하게 하며, 문제를 해결하는 실마리, 아이를 이해하는 결정적 단서들을 제공해 준다.

때로는 아이들이 좋아하는 '똥'을 소재로 한 이야기로 즐거운 분위기를 만드는 역할도 한다. 한편으론 심한 우울감에 빠져 있는 아동에겐 강아지 똥의 상황이 더욱 비관적으로 느껴질 수도 있다. 대상자에 대한 충분한 이해와 책을 읽는 시기, 아이의 반응에 대한 예측이 반드시 필요한 대목이다.

독서치료를 하기 위해 수많은 책 중에서 꼭 필요한 한 권을 고르는 것은 쉬운 일이 아니다. 하지만 상담의 질과 관련된 것이므로 몇 가지 고려해야 할 사안들이 있다.

우선 아동의 수준, 상황, 흥미 등 개인적 특성을 고려해야 한다. 아이가 잘 이해하지 못하거나 관심을 보이지 않는다면 이런 점을 미리 파악하지 못해서일 확률이 크다. 처음부터 독서치료에 좋은 책, 나쁜 책의 한계를 짓는 것 보다는 아동의 상황과 상담의 진행 과정에 맞춰 무엇을, 언제, 어떻게 사용할지 고민한다면 자료의 범위와 상담 결과는 더 풍부해 질 것이다. 그러기 위해서는 베스트셀러나 상황별 도서 목록에만 의존해서는 안 되며, 반드시 상담자가 먼저 읽고 분석하고 점검해야 한다.

독서치료 과정에서 아이는 그저 단순히 책을 읽는 것에서 그치지 않는다. 책과 깊이 있게 만나게 되면서 마음 깊은 곳에서 자신과 대화하는 방법을 터득하게 된다. 따라서 상담이 다 끝난 뒤, 아이들에게는 마음으로 읽은 자신만의 책이 생긴다.

책을 읽고 무엇을 어떻게 하는 것인가?

"어린이들은 천성적으로 이야기를 읽는 동안이나 읽고 난 후, 어떤 생각이 떠올랐을 때는 이를 어떤 형태로든 표현하고 싶어한다"

미국 세크라멘토주립대 로버트 화이트헤드 교수는 아이들은 누구나 책을 보면서 그들의 느낌과 이야기를 표현하는 것을 좋아한다고 말한다. 단, 자유로운 분위기에서 원하는 대로 할 수 있도록 해 줘야 그렇다고 나는 생각한다.

그림책 『특별한 손님』(베틀북, 2005)을 보던 아이가 "아, 케이티가 불쌍해 죽겠어."라며 그림을 쓰다듬는다. 다른 아이는 "케이티, 넌 그래도 나보다 낫다. 가끔씩 엄마를 만나러 가잖아."라며 한숨을 내쉰다. 책을 읽은 뒤 아이들은 자연스럽게 느낌을 나눈다.

상담자는 책을 읽은 뒤 나누는 대화에서 대상자들의 자연스러운 느낌을 따라 그들이 이끄는 대로 따라가야 한다. 이러한 흐름 속에서 효과적인 발문을 통해 점차적으로 상담을 진행해 간다. 발문의 유형을 살펴보면 다음과 같다.

● 전반적인 인식을 돕기

- (책을 읽기 전) 이 표지의 그림을 보고 어떤 내용일지 상상해 보세요. 그렇게 느낀 이유를 말해 보세요.
- 이 책에서 가장 기억에 남는 장면이나 내용은 어떤 것인가요? 그렇게 생각한 이유는 무엇인가요?

● 이해 및 고찰을 돕기
- 손님에 대한 케이티와 아빠의 생각은 어떻게 달랐나요? 그렇게 다른 이유는 무엇일까요?
- 케이티는 왜 손님들이 돌아가기를 바랐나요? 그런 케이티의 마음을 이해할 수 있나요?

● 기존 방법에 대한 다각적 평가와 새로운 접근을 시도하기
- 만약 메리 아줌마와 션을 만나지 못했다면 케이티와 아빠의 생활은 어땠을까요?
- 케이티가 준비한 물이 뿜어져 나오는 카메라 선물을 션이 어떻게 받아들였을까요?
- 두 가족은 나중에 어떻게 되었을까요?

● 자기 적용을 돕기
- 케이티가 친구라면 어떤 조언을 해 주고 싶나요?
- 내가 케이티라면 어떤 결정을 내릴까요? 왜 그런 결정을 내렸

나요?

모든 발문이 반드시 이런 유형과 단계를 거쳐야 하는 것은 아니다. 적절한 발문을 통한 대화와 다양한 표현활동은 치료적 상호작용과 상담과정을 촉진시키는 역할을 한다. 자연스럽게 대화하는 가운데 궁극적으로 자기의 길을 찾아갈 수 있도록 경험의 확장과 통찰을 돕는 발문과 활동으로 나아가야 하는 것이다.

아이들과 함께 책을 본 뒤에 본격적으로 느낌을 나누고 표현하는 활동은 매우 다양하다. 독서치료의 과정은 창의적이어서 다양한 기법을 적용해 통합하면 좋다.

독서치료에서 사용하는 기법 중에 경험적으로 많이 사용되거나 효과적인 것은 다음과 같다.

● 대화하기

대화하기는 모든 상담과 마찬가지로 독서치료에서도 기본 활동이다. 책의 내용을 매개로 한 대화를 통해 대상자는 과거와 현재를 돌아보고 미래로 나아갈 수 있다. 일대일 개인 상담이나 소규모 집단에서 효과적인 방법이다.

● 글쓰기

글쓰기는 생각과 마음을 한 번 더 정리한 후 표현하는 활동이기 때문에 좀더 구체적이고 객관적으로 문제에 접근하는 방법이다.

대상자가 직면을 두려워할 때 '만약 그 때 ○○이 선택할 수 있는 다른 방법은 없었을까?', '그 뒤 ○○이는 어떻게 되었을까?' 처럼 글쓰기의 주제를 우회적으로 제시해 차차 '나'로 접근하도록 할 수 있다.

이것은 내성적인 아동일 경우나 여러 명이 참여해 개별적인 대화가 이루어지기 어려운 상황에서 적용하기에 좋은 방법이다.

● 이야기 만들기

혼자 작업하는 글쓰기와 다르게 상담자와 주고받는 이야기 만들기도 독서치료에서 사용하기 적합하다.

상담자가 아동의 감정을 놓치지 말고 따라가면서 개입해야 하는 어려움이 있지만, 풍부하고 긴밀한 상호 작용의 효과가 있다. 이야기 만들기는 책 접기 형식에 담아도 되고, 이야기를 주고받는 대화 형식으로 해도 된다.

이 때는 아이들 이야기를 녹음해 두었다가 나중에 글로 옮겨 정리하고 분석한다.

● 미술 활동

미술치료 프로그램을 활용한 미술 활동은 내담자의 긴장을 풀어 주고, 작품을 창조적으로 완성해 나감으로써 치료의 효과를 높일 수 있다. 만화 그리기, 자화상이나 거울상, 인물 콜라주, 뒷이야기나 감정

그리기 등을 제시된 자료와 연관해 작업할 수 있다.

또 찰흙이나 지점토, 밀가루, 상자, 종이 등을 이용한 만들기는 말하기나 글쓰기가 힘든 아동이나 산만한 아동들에게도 적합하다.

● 놀이 활동

놀이치료 프로그램을 활용해, 책 속에 놀이가 나오는 경우 따라해 보거나 새로운 놀이를 만들어 함께 놀이 활동을 하는 것도 좋다. 친구들과의 관계, 규칙이나 차례 지키기 등을 점검하고 배울 수 있다.

● 역할극

책 속의 한 장면을 잡아내 실시하는 역할극은 과거의 부정적인 감정을 해소하거나 현재 부족한 면을 보완하고 앞으로 닥칠지 모르는 상황을 대비해야 될 때 도움이 된다.

집단 프로그램일 경우 참여하는 아동들이 즉흥적으로 만들어 내는 작업이 서로에게 영향을 주고 활력을 불어넣어 기대 이상의 효과를 보일 때도 있다.

이 밖에도 다양하고 새로운 방법들을 적용하고 만들어 낼 수 있다. 그것이 아동을 돕는 방법이 된다면 미리 한계 짓지 말고, 과정에서 수정하고 재창조해 가면 된다.

이상으로 독서치료에 대해 간략한 소개를 마치며, 이제 독서치료를 통해 어린이들이 어떻게 마음의 힘을 키워 가는지 그 여정에 함께하기를 바란다.

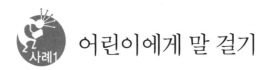

어린이에게 말 걸기

"엄마가 아무한테도 보여 주지 말랬는데요, 어제 엄마한테 또 맞아서 멍들었어요."

엄마와 단 둘이 사는 여자 아이는 치마를 걷어 시퍼렇게 멍든 다리를 자주 보여 주었다.

"어제 우리 아빠 톡껬어요. 엄마가 그랬어요."

아빠가 입학 선물로 가방도 선물하고 맛있는 것도 사 주었다고 지어낸 일기를 쓰곤 하던 아이는 아빠가 집을 나간 것을 그렇게 표현했다.

자기 자신을 만나는 시간

복지관 독서프로그램 시간에 만난 아이들은 때때로 나를 찾아와 속

삭였다. 이 아이들이 자신의 비밀스런 사연을 말할 용기는 어디서 났을까? 내가 아이들에게 믿을 만한 존재나 편안한 사람으로 여겨졌던 걸까? 그렇다면 그렇게 여겨지게 된 까닭은 무엇일까?

내가 해 준 일이란 고작 '책읽기'였다. 나는 아이들의 심리와 상황을 잘 반영한 책을 골라 읽어 주고, 아이들의 말에 귀 기울여 들어 주었을 뿐이다. 책 속에서 공감과 위로를 얻게 된 아이들은 그런 역할을 하는 나를, 자신들을 잘 이해하는 사람으로 쉽게 믿게 된 것이다.

그래서 나는 나를 믿어 주는 아이들과 더 깊게 소통하기 위해 독서치료를 공부했고, 독서치료 상담을 하게 되었다.

독서가 지닌 장점은 수없이 많다. 그 중에서 나는 독서를 통해 자기 자신을 한층 더 깊이 이해해 간다는 점이 특히 좋다. 아이들은 책을 보고 읽는 과정에서 자신을 이해해 간다. 그럼으로써 자신을 둘러싼 세계와 수많은 사람들과 얽힌 관계도 이해해 가는 것이다.

"아이들은 나를 만나러 오는 것이 아니라 자기 자신을 만나러 이 곳에 오는 것임을 잊지 말라." 아동 상담을 배우며 만났던 선생님 한 분이 하신 말씀이다. 이 말은 '독서치료'의 의미를 잘 담고 있다고 생각한다.

'자신을 이해해 가는 과정'인 독서 행위를 '대상자가 자신을 만나 스스로 문제를 해결해 가도록 돕는 과정'인 상담의 기능에 도입한 것이 바로 '독서치료'다. 이러한 독서치료는 어린이에게 매우 효과적이다. 책 속에는 세상에서 일어나는 모든 일들과 상상할 수 있는 모든 상황이 담겨 있어 아이들의 이해와 표현을 도울 수 있기 때문이다.

상담을 위해 대상자에게 말을 걸기 위해서는 다양한 상담 기법과 숙련된 상담 태도가 필요하다. 그런데 대상자가 어린이인 경우, 보다 특별한 주의가 요구된다. 어른 대 어른의 동등한 관계가 아니라 어른 대 어린이라는 불균등한 힘의 관계가 설정되기 때문이다. 어린이는 어른이 말하거나 지시하거나 가르치려 드는 것을 듣고 따르는 데 익숙해 어른 상담자 앞에서 자유롭지 못하다. 또한 어린이 자신이 처한 상황이나 감정 상태를 정확히 표현하기 어려워한다. 이럴 때 문학작품과 다양한 형태의 글들은 아동과 상담자의 상호 작용을 돕는 매우 훌륭한 촉매제가 된다.

아이들의 마음 살피기

여덟 살인 현우(남, 8세)는 어렸을 때 부모님이 이혼해 어머니, 누나(10세)와 살고 있었다. 현우는 집중력이 떨어지고 산만하며 불평이 많아 또래들과의 관계가 원만하지 못했고 교사의 교육적 통제 역시 어려웠다. 첫 만남에서 독서치료 프로그램을 설명하자 매우 긍정적인 반응을 보였다. 하지만 간단한 사전 검사지를 작성할 때부터 산만한 태도를 보여 애를 먹였다.

같은 나이의 연지(여, 8세)는 최근 이혼한 아버지와 살고 있었는데, 아버지가 직장에 가 있는 동안 근처에 사는 친척집에서 돌봐 주고 있었다. 연지는 늘 표정이 어둡고 또래와 어울리지 못했으며 혼자 있으려는 경향이 강했다. 돌봐 주는 친척은, 아이가 낮에 별일이 없었는데도 퇴근해서 집에 돌아온 아빠를 보면 울기 시작해 그 때마다 참 난감하다고 했다.

『눈 오는 밤』
닉 버터워스 글·그림, 사계절, 1999

현우와 연지는 양육자인 한부모가 직장 생활로 충분히 보살필 시간이 없었고, 떨어져 사는 다른 한부모를 정기적으로 만나지 못했다. 이 점이 현우와 연지가 불안정한 심리 상태를 보이는 원인으로 작용했다. 게다가 연지는 최근에 엄마와 헤어졌고, 이사까지 와 전학을 한 상태여서 낯선 환경에 잘 적응하지 못하고 있었다.

나는 이들의 상담 목표를 '위축된 아동의 우울감 해소와 또래끼리의 상호 작용 돕기'로 정하고, 매주 한 차례씩 만나 모두 12회기의 프로그램을 진행했다.

미술 활동으로 표현한 우리 집

닉 버터워스의 『눈 오는 밤』(사계절, 1999)에서 공원지기 퍼시 아저씨는 추위를 피해 한 마리씩 찾아오는 동물들을 집 안 가득 받아들인다. 우리는 함께 그 책을 충분히 감상한 뒤 '내가 살고 싶은 집'을 그려 보

기로 했다. 아이들에게 자신이 살고 싶은 집을 그리고 함께 살고 싶은
사람을 정하게 했다. 그리고 그 사람을 다양한 동물 모습으로 표현해
보게 했다.

현우는 "따로 사는데 아빠를 넣어도 괜찮아요?"라고 물었다. 내가
그렇다고 하자, 곰 그림을 오려 붙였다. 왜 '곰'으로 아빠를 표현했냐
고 묻자 "새끼 곰처럼 귀엽고, 착하고, 만났을 때 내가 해 달라는 것을
다 해 주었기 때문"이라고 말했다.

나는 독서 후 반응을 돕는 활동에 종종 미술치료 기법을 접목하는
데, 의미 있는 결과를 얻곤 한다. 이번에도 이들의 위축감과 우울감이
어디에서 오는가를 파악하기 위해 상담 초기에 『눈 오는 밤』을 골랐
다. 그리고 아이들에게 퍼시 아저씨처럼 내 집에 들일 가족을 선택하
게 했다. 또 책에 등장하는 동물들처럼 가족을 동물에 비유하게 함으
로써 아이가 느끼는 가족에 대한 감정을 파악하는 데 초점을 두었다.

현우가 그린 그림을 살펴보면, 먼저 8절 도화지의 아래쪽 절반만을
이용해 그림을 그린 점이 눈에 띈다. 이것은 내면의 불안정과 부적절
감, 우울한 상태 등으로 해석할 수 있다. 집의 모양은 그림책의 집 그
림을 따라 그린 듯 하지만 전체적으로 불안정해 보이며 지지기반이 약
해 보인다.

인물을 그린 순서는 아이가 느끼는 가족 내 힘의 서열이나 정서적,
심리적으로 중요한 대상의 순서를 반영하기도 한다. 현우가 자신을 가
운데 꼭대기에 맨 먼저 배치한 것은 자기중심적인 경향을 보여 준다.

현우의 '내가 살고 싶은 집'

그 다음 배치 순서를 보면 하루 종일 자기를 돌봐 주는 누나, 그리고 아빠, 엄마의 순서였다. 따로 사는 아빠를 집 안에 배치한 점, 귀엽고 착한 곰으로 표현한 점, 아빠라고 진한 색연필로 크게 쓴 점 등을 통해 아빠에 대한 강한 애정 욕구를 엿볼 수 있다. 또 현우는 생활에 지치고 바쁜 엄마를 '날아다니면서 마을 전체를 보고 싶을 것'이라는 말을 덧붙이며 '새'로 표현했다. 이는 현재 엄마의 심리 상태를 현우가 잘 알고 있으며, 그렇기 때문에 아무런 기대도 요구도 하지 않고 있는 현우의 현재 상황을 설명해 준다.

또 하나 주목할 점은 모든 가족들을 구획 속에 각자 분리시켜 놓았다는 점이다. 방과후 교사의 말에 따르면, 이전에 미술치료사가 실시한 그림 검사에서도 부모가 각자의 구획 안에서 자는 모습을 그렸다고 했다. 이는 가족간에 응집력과 상호 작용이 부족하거나 외로움과 억압된 감정이 있는 아동에게 자주 나타나는 그림 표현이다.

현우는 생활고에 지친 어머니에게서 사려 깊은 보살핌과 애정을 받지 못하고 있었다. 상담 회기 중에도 어머니 이야기는 거의 한 적이 없고 함께 보내는 시간이 많은 누나에 대한 이야기를 많이 했다. 떨어져 살면서 그 동안 두 번 정도 만났던 아버지에 대해서는 꽤 호의적으로 말하며 종종 그리움의 감정을 표현했다.

연지 그림 역시 최근 이혼으로 떨어져 살게 된 어머니에 대한 그리움과 바뀐 환경 등에 잘 적응하지 못하고 있는 연지의 상태를 잘 보여 주고 있었다.

현우와 연지는 이혼 가정 아동들에게서 흔히 볼 수 있는 떨어져 사는 부모에 대한 그리움과 막연한 기대감이 공통적으로 나타났다.

동시가 터 준 내 걱정거리

2회기에는 동시를 자료로 사용했다. 시는 다른 문학작품에 비해 짧은 글이지만 은유와 상징으로 이루어져 다양한 해석이 가능하고, 함축적으로 묘사하기 때문에 즉각적이고 심미적인 반응을 불러일으켜 매우 효과적인 자료다.

여기서 사용한 동시는 「걱정거리」(『거인들이 사는 나라』 수록, 푸른책들, 2000)로 '어느 날 갑자기, 안경이 나를 벗어 버리면 어쩌지?'로 시작해 '공부 시간에 딴 생각한다고 의자가 나를 내려놓으면 어쩌지? 잠버릇이 고약하다고 침대가 밀어 내면 어쩌지? 말썽꾸러긴 내 아들이 아니라고 엄마가 내쫓으면 어쩌지?'와 같은 내용으로 전개되는 재미있는 시다. 평범한 개구쟁이 아이가 떠올릴 수 있는 별일 아닌 걱정거리를 아이의 시각에서 발랄하게 그려냈다. 이 시를 읽고 빈 칸 채우기를 통한 동시 이어쓰기를 했다. 이 활동을 통해 아이들의 걱정거리를 알 수

『거인들이 사는 나라』
신형건 글, 김유대 그림,
푸른책들, 2000

있기를 기대했다.

<동시 「걱정거리」를 읽고>
나의 걱정거리 연지(여, 8세)

어느 날 갑자기,

> 엄마가 다른 동으로 이사 가면?

어느 날 갑자기,

> 아빠가 안 돌아오시면?

어느 날 갑자기,

> 엄마가 토요일에 안 오시면?

정말이지 어느 날 갑자기

> 아빠가 외국 가 안 돌아오시면?

그 땐 정말 어떡하지?

　　연지는 엄마가 현재 살고 있는 곳에서 갑자기 다른 데로 이사 가는 것과 돌아오는 토요일에 만나기로 한 약속(엄마와 아빠가 어렵게 조정해 만든 약속)을 엄마가 지키지 않을까 봐 걱정이라고 말했다. 또 함께 사는 아빠마저 돌아오지 않아 혼자 버려질 수도 있다는 두려움까지 시에 표현하고 있다.

현우 역시 '어느 날 갑자기, 우리 엄마와 누나가 죽어서 나 혼자 남으면 어떡하지?'라는 표현을 썼다.

이렇게 되면 원래 동시의 화자인 개구쟁이 아이는 온데간데없이 사라지고, 버려지거나 혼자 남겨질까 봐 두려워하는 아이만 남는다. 아이들이 이렇게 자신의 걱정거리를 솔직히 드러낼 수 있었던 이유는 무엇일까? 아이들과 이야기를 나누어 본 결과 아이들에게 솔직함을 내보이도록 물꼬를 터 준 것은 한 싯구때문이었다.

'엄마가 나를 모른 척하면 어쩌지?'라는 싯구가 아이들의 내면에 있는 걱정거리를 수면 위로 떠오르게 하는 역할을 한 것이다.

이후 우리는 이 걱정거리들이 실제로 일어날 가능성에 대해 이야기했다. 더불어 또래 관계에서 오는 어려움과 걱정거리를 이야기해 보고, 이와 관련해 분명한 의사 표현을 하는 연습을 했다.

이 두 아이들에게서 상담 초기 찾아 낸 문제는 가정환경에서 오는 문제와 또래 관계에서 겪는 어려움이었다. 이 둘은 원인과 결과의 관계가 될 수도 있다. 그러나 주어진 환경에서 자아를 키우면서 행동을 수정하는 데 중점을 두고 상담을 진행해 나가기로 했다.

비밀책에 마음을 털어놓다

상담 후반기에 그림책 『슬픔을 치료해 주는 비밀 책』(봄봄, 2005)을 보았다. 이 책은 한 달간 이모네 집에서 지내게 된 여자 아이가 막상 부모와 헤어지자 슬퍼하는 것으로 이야기가 시작된다. 이모는 아이와 다락방에서 '슬픔을 치료해 주는 비밀 책'을 찾아 함께 본다. 둘은 그 책에서 지시하는 대로 그 날 밤 부엉이가 울기 전에 일곱 가지 처방을 모두 따라하고 침대에 눕는다. 슬픔이 스며들 틈이 없게 의미 있는 일들을 부지런히 실시한 덕분에, 아이는 슬픔을 물리치고 편안하게 잠들 수 있게 된 것이다.

우리는 리본으로 묶을 수 있는 작은 비밀 책을 만들었다. 각 장마다 한 쪽 페이지엔 '내가

연지의 비밀 책 내용

〈내가 슬플 때〉	〈슬플 때 웃게 하는 법〉
선생님에게 혼났을 때	나만의 책 두 권을 읽으세요.
엄마 아빠가 안 오실 때	20분 동안 산책하세요.
싸울 때	12분까지 놀다 오세요.
마음이 아플 때	그림을 그리세요.
소리를 질러서 시끄러워 속상할 때	운동을 10분 이상 하세요.
아무도 안 놀아 줄 때	달콤한 것을 먹으세요.

슬픔을 치료해 주는 일곱 가지 비밀 처방

	책에 나온 '슬픔을 치료해 주는 일곱 가지 비밀 처방'	우리가 시행한 '슬픔을 치료해 주는 일곱 가지 비밀 처방'
1	사과 주스 한 잔을 마시세요. 아주 천천히 맛을 느끼면서 마셔야 해요. 사과와 사과가 열려 있는 나무의 맛까지 느낄 수 있도록 말이에요.	뒷산에 올라가서 사과 주스 한 병을 천천히 마셨어요.
2	좋은 땅에 씨를 심으세요. 그리고 그 씨를 안전하게 지키기 위해서 몰래 뭔가를 해 놓아야 합니다.	어리고 작은 식물들에게 '튼튼하게 잘 자라라' 라고 속삭여 주었어요.
3	가능한 아주 먼 곳까지 걸어 가 보세요. 그리고 전에는 한 번도 보지 못한 어떤 것을 찾아 내야 합니다.	숲길을 오르는 동안 처음 본 것들을 찾아보았어요.
4	야생 동물에게 먹이를 주세요. 그리고 야생 동물을 배고픔과 위험에서 지켜 주기 위해 언제나 최선을 다하겠다고 약속을 해야 합니다.	과자 부스러기를 개미들에게 뿌려 주었어요. 그리고 작은 동물들을 괴롭히지 않겠다고 약속했어요.
5	사랑하는 사람에게 용기를 주는 편지를 쓰세요. 그리고 봉투 속에다 받는 사람이 생각지도 못한 선물을 하나 넣으세요.	사랑하는 사람에게 용기를 주는 엽서를 쓰고, 주위에서 선물을 찾아 봉투 속에 함께 넣었어요.
6	제일 좋아하는 책을 조용하고 평화롭게 읽으세요. 너무 좋아서 자꾸자꾸 읽고 싶어지는 곳을 한 군데 찾아 내야 해요.	준비해 간 그림책 『리디아의 정원』(시공주니어, 1998)을 둘러 앉아 함께 읽었어요.
7	멋진 일을 하는 생각을 해 보세요. 내일 할 수 있는 작지만 큰 일을 하나 생각해야 합니다.	눈을 감고 멋진 생각을 해 보았어요.

슬플 때'를 다른 쪽 페이지엔 '슬픔을 치료하는 방법'을 적도록 했다. 연지는 '슬픔을 치료하는 방법' 대신 '슬플 때 웃게 하는 법'이라고 제목을 바꾸어 적고 각 페이지마다 내용과 관련된 그림을 정성껏 그려 넣었다.

마지막 상담 시간에는 이 책에 소개된 일곱 가지 처방을 우리도 모두 시행해 보기로 했다. 야외에서 해야 하는 일들도 있어 어디로 갈 것인지 아이들에게 의견을 물었다. 내가 가까운 공원을 제안했지만, 아이들은 동네 주민들이 운동과 산책을 많이 하는 '뒷산'에 가겠다고 말했다.

아이들은 상담 종결기가 다가오면서 남은 횟수를 따지며 아쉬워했는데, 뒷산에 가기로 한 날은 기대에 들떠 일찌감치 준비를 하고 오히려 나를 기다리고 있었다.

상담을 모두 마치며 연지는 "마음이 따뜻해졌다."고 말했다. 현우는 그 동안 가져가지 않겠다고 한 다른 활동 자료와 달리 자신이 만든 비밀 책을 가슴에 꼭 안고 집으로 돌아갔다.

나 좀 봐 주세요

아이들마다 진행 속도는 다르지만 대체로 상담이 진행되며 모두들 표정이 밝아졌고, 목소리는 점점 커졌다.

연지는 엄마를 가끔 만나고 온 일에 대해 자연스럽게 이야기했다.

하지만 현우는 책상 밑으로 들어가거나 상담실을 돌아다니며 종종 대답을 회피하고 활동에 참여하지 않는 등 산만함을 보였다. 4회기 때 현우에게 "이 시간이 힘든 건지, 상담자를 만나기 싫은 건지"를 직접 물어 보았다. 현우는 완강히 상담하기 싫은 게 아니라며 끝까지 참여하겠다고 했다. 현우는 이야기하기보다는 만들기 같은 활동에서 집중력을 보였다.

나는 회기 내내 이런 태도를 보이는 현우에게 줄곧 주목해 왔다. 현우는 적극적으로 참여하지 않으며 "싫어요, 안 해요, 몰라요."를 외쳐 댔지만 이 또한 자신을 봐 달라는, 상담자와 교감하기를 원한다는 의미 있는 신호로 나는 이해했다. 현우는 부모의 이혼에 대해 '엄마와 아빠가 서로 생각이 달라서 떨어져 사는 것'이라고 받아들이게 되었고, 시골에 사는 아빠네 앞집에서 살면 언제든지 아빠를 만날 수 있어 얼마나 좋겠냐며 한숨을 쉬었다.

때때로 아이들은 부정적인 태도를 보이고, 아프다며 징얼거리는 것으로 자신에게 관심과 애정이 집중되기를 원한다. 나는 회기 동안 충분하진 않지만 아이들이 가정에서 배우지 못한 애정 표현을 또래 친구들에게 할 수 있도록 그 표현법을 가르쳐 주었다.

마지막 회기에 함께 뒷산에 올라갈 때 다른 아이들은 내 손을 잡고 걷기를 원했지만, 현우는 내 가방을 받아들고 재빨리 앞서 나갔다. 뒷산에 올라 '사랑하는 사람에게 엽서 쓰기'를 할 때는 내가 보지 못하게 가리고 썼다. 다 쓰고 나서는 말없이 나에게 건네 주고 또 먼저 산

현우의 '사랑하는 사람에게 용기를 주는 엽서'

을 뛰어 내려갔다.

편지에는 '선생님에게, 선생님 그 동안 수고 많으셨어요. 선생님 오늘 마지막 날이잖아요. 행복하세요.' 라고 적혀 있었고, 숲에서 주운 나뭇잎도 붙어 있었다.

연지는 함께 사는 아빠에게 편지를 썼는데, 편지에는 '아빠, 요즘 많이 힘드시죠? 난 오늘 산에 올라와 내가 한 번도 보지 못한 나뭇잎을 따서 편지에 넣었습니다. 아빠 사랑해요.' 라고 쓰여 있었다.

우리가 뒤늦게 산에서 내려왔을 때 현우는 산 아래 운전면허 시험장의 철조망 담벼락에 붙어 서서 자동차를 구경하고 있었다. 나는 앞장서 걷는 현우의 조그만 어깨를 보며 따라 걸었다. 그리고 아이들과 어떻게 마지막 인사를 하고 헤어질 것인가를 마음속으로 고민했다. 그러나 복지관 건물이 보이기 시작하자 아이들이 내 양손을 놓고 힘차게 뛰어나갔다.

가족치료사인 맥신 조이(Maxine Joy)는 『어린이 이야기 치료』(은혜출판사, 2004)에서 이렇게 말하고 있다.

"아이들은 훌륭한 선생이다. 어른인 내가 아이들의 의미 세계에 무지하여 그들의 이야기를 잘 알아듣지 못해도 아이들은 그런 나를 비웃은 적이 한 번도 없었다. 그래서 내게는 항상 두 번째 기회가 주어졌다."

나도 그렇다. 아이들은 내게 그들과 대화하도록 기꺼이 허락하고, 소통하는 법을 끊임없이 가르쳐 주고 있다.

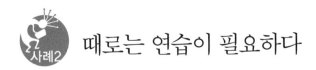

때로는 연습이 필요하다

몇해 전 영화 한 편이 화제가 된 적이 있다. '탄탄한 서사구조와 풍부한 텍스트, 배우들의 뛰어난 연기력'이라는 호평과 함께 역대 한국영화 최다 관객 수 갱신 여부에 대한 관심 등 화젯거리는 다양했다.

화제의 중심에 서 있던 〈왕의 남자〉 (이준익 감독, 2005)를 전문 영화비평가나 수준 높은 관객이 아닌 현장에서 아이들을 만나는 상담자의 눈으로 살짝 들여다보고자 한다.

상담자의 눈으로 본, 영화 〈왕의 남자〉

때는 조선조 연산군 시대, 놀이판에서 왕을 희롱한 죄로 궁궐에 들어가게 된 광대패들의 이야기가 맞물리면서 영화는 운명에 휩쓸린 혹은 운명에 맞선 사람들의 삶을 펼쳐 놓는다.

이야기의 한 축을 끌어가는 중요한 인물인 '연산'은 이 영화에서 새롭게 묘사된다. 기존의 문란함과 패악, 패륜적 행태의 표상은 여전하지만, 이 영화는 관객들에게 그런 연산을 '그럴 수밖에 없었지.'라고 동정하며 파멸해 가는 모습에 연민을 느끼게 만든다.

장녹수와의 관계에서 왕인 연산이 그녀의 치마폭으로 기어들어가는 장면이 나오는데, 마치 자궁으로의 회귀를 상징하는 듯 보인다. 또 장녹수 역시 천하의 왕인 그를 아기 달래듯 '젖 줄까? 술 줄까?' 하며 다룬다.

실제 기록에 보면 장녹수는 30세가 넘어 궁궐에 들어갔고, 동안이었으나 그다지 빼어난 미모를 갖고 있진 않았다고 한다. 그런 장녹수가 연산의 총애를 받은 이유 중 하나는 심리적으로 그를 지배했기 때문이다.

왕의 자리에까지 오른 연산이 '어머니의 애정 결핍'에 대한 지나친 집착과 '억울하게 죽은 어머니의 원한'에 사로잡혀 끝내 이를 극복하지 못한 이유는 무엇일까?

발달심리학자들은 생후 초기에서 3년, 학자에 따라 6년까지를 매우 중요한 시기로 규정한다. 이 시기가 향후 정서 · 인지 · 사회성 발달 등에 절대적 영향을 미친다는 것이다. 연산의 생모를 둘러싼 궁중 암투, 사약을 받고 죽은 폐비에 대한 일을 노심초사 감춰 가며 양육했을 궁궐의 분위기, 이후 사실을 알게 된 연산이 자신의 성장 과정에서 의문

시되었던 일들을 꿰어 맞춰 가며 분노를 키워 갔을 것이라 유추할 수 있다.

물론 그가 부정적인 초기 아동기의 경험을 뛰어넘을 수 있을 만큼 긍정적인 영향력을 행사하고 자극과 본보기가 될 수 있는 인물을 만날 수 있었다면, 상황은 얼마든지 달라졌을 것이다.

결과적으로 연산은 어른이 되어서도 '내 안에 울고 있는 어린아이'를 다스리고 극복하는 데 실패한 것이다.

또 하나, 인상적인 장면이 있다. 죽음을 앞둔 장생을 살려 달라고 애원하며 인형극을 하던 광대 공길이 자신의 손목에 자해를 해 피를 흘리며 쓰러진다. 그런 공길을 향해 연산이 외친 말은 "왜? 왜?"였다.

무의식의 역할에 관심을 가진 정신분석적 치료에서는 '왜'를 통해 과거로의 탐색을 시도한다. 이와 달리 개인의 선택과 책임을 강조한 형태치료, 현실치료, 게슈탈트치료 등은 현재를 강조하며 '왜'라는 질문 대신 '무엇이', '어떻게'라고 묻는다.

정신분석 치료의 목표는 사고와 행동의 많은 부분을 통제하고 있다고 보는 무의식을 의식화를 통해 깨닫고, 과거를 직면해 억압된 갈등을 발견하게 하는 것이다. 이러한 과정을 거쳐 자신을 괴롭히던 자신의 성격을 개선하고 변화시켜 나가도록 돕는다. 형태치료의 목표는 분석보다는 통합에 있으며, 현재의 경험에 대한 충분한 인식과 직면을 통해 삶의 문제들을 해결하는 능력을 키워 주는 것이다. 서로 방법은 다르지만 '이전과는 변화된 지금의 나'를 추구한다는 점은 같다.

연산은 죽음을 불사한 공길에게나 분노에 휩싸인 자신에게나 '왜'라는 질문에 집착했다. 거기서 한 걸음도 더 나아가지 못한 채 '지금, 무엇을, 어떻게' 해야 하는지를 찾지 못하고 제자리 걸음을 하고 있었던 것이다.

어린아이들에게는 '왜'라는 질문을 해야 할지, '무엇을, 어떻게'에 초점을 맞춰 이야기해야 할시 고민스러울 때가 있다. 상황에 따라 다르지만, '왜'를 탐색하고 원인을 감당할 만큼 자아와 인지가 성숙하지 않은 아이들이 많아 '지금, 현재'를 선택할 때가 많다. 그러나 과거가 이해되지 않은 현재는 때론 자신은 물론 궁궐 전체를 피로 물들인 칼날 같은 위험한 존재이므로, 신중하고 현명한 판단을 해야 한다.

재현을 통해 통찰에 이르게 하는 '역할극'

영화에서 광대들이 펼치는 마당놀이는 향락에 빠진 왕을 풍자하며 억눌리고 고달픈 서민들을 위로하는 역할을 한다. 그 마당극이 궁궐로 무대를 옮기자, 부정축재를 일삼는 신하를 처벌하고 급기야 폐비의 죽음에 관여한 정적을 처단하는 빌미를 제공한다.

또 연산이 "아바마마, 어머니가 그립습니다."라는 대사와 함께 보여 준 그림자 인형극은 공길의 마음뿐 아니라 관객의 마음을 울린다.

현실을 재현하는 마당놀이는 우리나라 전통연희 중 하나다. 놀이꾼은 구경꾼들을 놀이판에 참여시켜 고달픈 현실을 비판하고 풍자한다.

한바탕 어울려 놀고 나면 현실의 고통을 떨어내고 앞으로 살아갈 힘을 얻게 되는 것이다.

서양의 상담심리학에서도 이러한 재현 기법은 다양하게 쓰이고 있다. 심리극은 과거와 현재, 예측 가능한 삶의 상황과 역할을 연기한다. 이를 통해 자신의 감정과 행동을 탐색하고 발달시키는 것이다.

'사이코드라마'는 연극이 관중에게 카타르시스를 체험시키는 것을 적극적으로 활용한 심리치료법이다. 상황극 속에서 자연스럽게 대상자의 심리가 표현되도록 유도하고 상담자도 함께 참여하여 대상자를 분석하면서 지도, 치료한다.

'역할행동 연습'은 행동 수정을 위한 자기표현 훈련에서 주로 대인 관계의 문제를 해결하는 데 쓰인다. 불쾌감, 분노, 거절, 호감 등을 잘 표현하지 못하는 사람들에게 문제가 된 대인 관계 상황에서 역할을 바꿔 가며 자유롭게 감정과 의사를 표현하고 보다 효과적으로 자기표현을 할 수 있도록 돕는 방법이다.

형태치료의 '빈 의자 기법'은 두 개의 빈 의자에 번갈아 앉아 갈등 관계에 있는 두 인물을 모두 경험하도록 하는 것이다. 이것은 대상자가 갈등을 완전하게 경험해 볼 수 있는 역할놀이 기법으로 모든 사람에게 존재하는 양면성과 갈등을 인식하고 해결하도록 돕는다.

인지행동치료의 '역할연기'는 대상자가 불안이나 스트레스를 느끼는 어떤 상황을 시연해 봄으로써 잘못된 생각과 믿음을 알아내고 제거해 나갈 수 있도록 돕는 방법이다.

그러나 영화에서는 연기하는 광대들과 관객인 연산 모두 동일시와 카타르시스를 넘어선 통합과 통찰의 단계에 이르지 못한 채 비극으로 치닫는다. 바로 '현실의 재현'과 '진행형 현재'와의 경계를 혼동했기 때문이다. 과거의 분노와 현재의 위치를 망각한 연산의 복수극, 그런 연산을 이용해 신하들이 인간사냥터로 이끈 것이 바로 그런 것이다.

또 하나, 왕과 광대의 관계 정립에도 문제가 있었다. 마당놀이에서 광대들은 구경꾼들과 대등한 위치에서 어울리는 것처럼 보인다. 하지만 실제로는 광대들의 주도하에 민중들을 놀이판으로 이끌고 참여시킨다. 민중들의 한과 애환을 표출시키고 어루만지며 신명나는 판을 이끌어가고 파장을 책임진다. 역할 없이 역할을 수행하는 것이다.

그러나 궁궐에서는 처음부터 끝까지 이 관계가 성립되지 못했다. 판은 광대가 시작했으나 그 끝은 언제나 왕이 휘두른 칼로 맺었다. 연산의 충직한 신하로 나오는 처선은 '간악한 중신들을 가려내어 세상을 바로 보게' 하려고 광대들을 궁궐로 이끈 인물이다. 그런 처선이 '광대는 그저 광대일 뿐'이라고 한 말처럼 그들의 관계는 계급의 경계가 분명했다. 광대가 왕의 권한을 뛰어넘지 못했기에 놀이판이 실패한 것이다.

변화를 준비하는 '역할극'

책을 도구로 사용하는 독서치료 상담에서도 '역할극'은 효과적으로 활용될 수 있다.

부모의 이혼으로 엄마와 헤어지면서 위축과 우울감의 문제로 만났던 연지(여, 8세)는 12회기의 상담이 종료된 두 달 뒤 다시 재상담을 하게 되었다. 엄마와 헤어진 지 일 년이 안 되는 상황에서 새엄마를 맞게 되었기 때문이다.

상담을 의뢰한 방과후 담임교사는 아직 안정이 안 된 연지가 다시 새로운 환경에 놓임으로써 가정과 학교생활에 적응하지 못할까 봐 염려했다.

연지는 재상담 초기에 '엄마 아빠와 함께 살 때'를 가장 행복했던 때로 기억하며, 근처에 살며 돌봐 주던 친척에 대해 부정적인 감정을 표현했다. 친척이 연지에게 이제 친엄마를 만나면 안 된다고 강조했기 때문이다.

연지는 아빠가 새엄마를 만난 뒤 자주 웃는 것을 아빠의 바뀐 점으로 들며 자신은 달라진 게 없다고 말하거나 대답을 회피했다. 그러나 『돌멩이도 춤을 추어요』(보림, 2000)라는 그림책을 보며 한 '한 줄 느낌 표현하기'에서 연지는 지금의 마음 상태를 잘 드러냈다.

이 책은 돌멩이를 아이들의 모습과 마음에 비춰 상상력이 가득 담긴 이야기를 붙인 그림책이다. 연지는 그림들을 보며 "아이는 쓸쓸할 거예요.", "큰 돌멩이는 아빠 같고 작은 돌멩이는 아기 같아요.", "나하고만 놀아 주지 않아서 심심할 거예요.", "헤어져서 혼자 집으로 가는 것 같아요."라며 외로움을 주로 표현했다. 특히 돌멩이 세 개가 서로 적당한 간격을 두고 마주 보고 있는 장면에서 연지는 "아빠와 엄마가 잠을 자고 있고, 아이가 엄마 아빠를 바라보고 있는 것 같아요." 라고 느낌을 표현했다. 부모와의 관계에서 극심한 소외감과 단절감을 느끼고 있음을 보여 주는 것이다.

『돌멩이도 춤을 추어요』
힐데 하이두크 후트 글·그림,
보림, 2000

상담이 진행되며 연지는 '아직 엄마에게 마지막 인사를 하지 못했어요. 엄마는 내가 왜 엄마를 안 만나는지 그 이유도 알 수 없을 거예요.'라며 미결 감정을 드러냈다. 어른들은 아이에게 '왜'에 대한 충분한 설명 없이 아이를 원치 않는 상황에 놓이게 했지만, 아이는 자신의 행동이 '왜' 그런지 엄마에게 이해시키고 싶은 것이다.

나는 가족들과 접촉할 수 있는 방과후 담임교사와 의논을 했다. 대체로 상담기관은 부모가 자녀의 상담을 의뢰해 상담자가 부모와도 면담을 하지만, 이 사례의 경우 방과후교실의 보육아동을 대상으로 담당교사가 부모의 동의를 받고 상담을 의뢰한 경우이다. 이럴 때 양육자의 성향이나 이해도에 따라 이미 신뢰감을 쌓아 놓은 방과후 담임교사가 상담의 실시와 경과, 결과 등을 중간에서 전달하고 조정하는 역할을 하기도 한다.

방과후 담임교사 역시 이 상황이 아이만을 대상으로 상담을 진행하는 게 좋은 결과를 얻지 못한다는 데 동의했다. 새로운 결합가정이 성공적으로 정착되려면 자녀의 정서적 안정이 중요한 기본 요건이라는 점을 부모에게 납득시켜야 했다. 가장 좋은 방법은 아이가 정기적으로 엄마를 만나는 것이다. 하지만 가족들이 합의하지 않는다면, 마지막 한 번이라도 친엄마가 아이를 만나 새로운 가정에 잘 적응하도록 이해시키고, 아이 역시 엄마에게 하고 싶은 말을 할 수 있도록 해 줘야 한다고 의견을 모았다. 그러나 아이 양육에 영향력이 있는 친척과 재혼한 지 얼마 안 된 새엄마가 이를 얼마나 이해해 줄지 모를 일이었다.

이런 상황에서 나는 연지에게 어쩌면 마지막이 될지 모르는 엄마와의 만남을 준비하게 했다. 연지는 감정의 기복이 심하고 의사표현을 정확히 하지 않는 경향이 있다. 평소에는 엄마를 그리워하다가도 막상 복지관으로 찾아오면 반가움을 잘 표현하지 않아 엄마가 서운해 하면서 돌아간 적도 있다. 이번에도 그렇게 되면 친엄마나 연지 모두에게 상처만 남게 될지도 모른다.

우리는 함께 상담을 받고 있는 혜민(여, 8세)이와 『여우의 전화 박스』(크레용하우스, 2000)를 읽었다. 혜민이는 4개월 전 부모의 이혼으로 엄마와 헤어진 아이다. 『여우의 전화 박스』는 아기 여우를 병으로 잃고 슬픔에 잠긴 엄마 여우가 산기슭의 공중전화 박스로 날마다 찾아오는 사내아이를 지켜 보며 위로를 받는 내용이다. 아이는 멀리 큰 도시의 병원에 입원한 엄마에게 전화를 걸었는데, 어느 날 엄마 여우는 아이를 기다리다 공중전화가 고장 난 걸 알게 되고, 안타까운 마음에 자신의 몸을 전화 박스로 둔갑시킨다. 그러나 그 전화기에다 아이는 이제 자신의 엄마가 있는 도시로 가게 되었 다는 통화를 한다. 다시는 아이를 보지 못하게 될 엄마 여우는 아기 여우가 자 기 마음속에 함께 살고 있다며 스스로 를 위로한다는 내용이다.

나는 아이들에게 아기 여우를 보고 싶어 하는 엄마 여우를 위해 딱 한 번 전화 통화를 할 수 있는 기회를 주자고 제안했다.

『여우의 전화 박스』
도다 가즈요 글, 다카스 가즈미 그림,
크레용하우스, 2000

혜민이가 엄마 여우를 맡겠다고 했 고, 연지는 아기 여우 역할에 동의했다. 다음은 역할극 방식으로 두 아 동이 주고받은 통화 내용이다.

혜민(엄마 여우) : 우리 아기구나. 엄마는 우리 아기가 전화해 줘서 고마워. 보고 싶었는데, 슬프지만 전화하니까 기뻐.

연지(아기 여우) : (머뭇거리며) 나도 엄마 보고 싶어.

혜민(엄마 여우) : 엄마는 너를 볼 수 없지만 언제나 마음속에 너를 담고 있을게.

연지(아기 여우) : 엄마, 우리 언제 만나?

혜민(엄마 여우) : 우리가 서로 생활을 잘하고 있으면 언젠가 만날 수 있어. 그게 언제인지는 엄마도 몰라.

연지(아기 여우) : …… 응.

혜민(엄마 여우) : 아가, 우리 서로 만날 때까지 잘 살아라.

연지(아기 여우) : ……. (상담자가 이제 전화비가 다 떨어져 가니까 서로 마지막 인사를 하라고 하자, 연지는 전화를 끊지 말라고 하면서도 무슨 말을 해야 할지 모르겠다고 망설인다. 상담자가 제시한 여러 예시를 듣고 나서 간신히 말을 이었다.) 엄마, 행복하세요.

양육자인 친할머니가 엄마를 싫어하는 탓에 혜민이에게 이 시간은 엄마에 대한 그리움을 마음껏 표현할 수 있는 유일한 기회이다. 혜민이가 적극적으로 대화를 이끈 덕분에 머뭇거리던 연지가 역할극을 마칠 수 있었다.

역할극을 하고 난 혜민이는, 한 번도 누군가에게 엄마가 보고 싶다는 얘기를 한 적이 없는데, 마음속 비밀처럼 간직했던 말을 다 할 수 있어서 좋았다고 했다. 혜민이는 엄마 역할을 통해 자신을 위로하고 나름대로 극복하는 단계까지 나아간 것으로 보인다.

연지도 시작할 때와 달리 가벼운 표정으로 상담을 마쳤다. "만약 엄마를 만나면 잘할 수 있겠니?"라는 질문에 고개를 끄덕였다.

때로는 연습이 필요한 우리

역할극을 한 후 열흘 만에 만난 연지는 나를 보자마자 손가락으로 날짜를 꼽더니, 엊그제 좋은 일이 있었다고 자랑하기 시작했다.

"엄마를 만났거든요."

"마법의 돌멩이가 소원을 들어 주었어요."

연지는 그림책 『돌멩이도 춤을 추어요』를 읽었을 때, 돌멩이를 주워 책에 나오는 마법의 돌멩이처럼 색칠한 것을 갖고 있었다.

"점심시간에 엄마가 학교로 찾아왔어요. 그래서 나는 급식 안 먹고 엄마랑 밖에 나가 식당에서 갈비 먹었어요."

나는 연지가 신이 나서 그 날 있었던 일을 말하는 걸 들어 주다가 우리가 연습한 것을 말했는지 조심스레 물었다.

"아니요, 할 필요가 없었어요. 이제부터 한 달에 한 번씩 만나기로 했거든요."

연습한 게 필요 없어졌다는 것만큼 좋은 결과가 어디 있겠는가.

아동 상담에서는 특히 가족의 지원과 노력이 매우 중요하다. 방과후 담임교사가 새엄마와 면담한 결과를 들으니, '절대 아이 친엄마와 어떤 식으로든 연결되는 걸 원치 않는다'고 한 친척의 얘기는 지나친 우려였다. 새엄마는 연지의 상담 과정을 듣고 아이가 이렇게 힘들어하는 줄 몰랐다며 안타까워했다고 한다. 그러면서 아이가 친엄마를 만나는 걸 억지로 떼어 놓을 생각은 없지만, 그렇다고 먼저 친엄마에게 요청할 수는 없다고 했다. 새엄마의 승낙을 받은 방과후 담임교사가 친엄마에게 연락을 했고, 부모들은 정기적인 만남을 갖는 것에 합의했다.

연말 방과후교실 발표회에 참석한 새엄마는 연지가 무대에 나올 때마다 일어서서 박수를 쳐 주고, 무대에서 내려오면 안아 주었다. 그런 새엄마에게 연지는 아직 마음을 다 열지는 못했다. 처음엔 "새엄마가 야단을 많이 치고 그저 그렇게 대해 준다."고 얘기하더니, 이젠 "나는 안 가고 싶은데 새엄마가 같이 가자고 하도 졸라서 바다에 다녀왔다." 고 얘기한다.

이참에 나는 슬쩍 물었다.

"동생이 생기는 건 어떻게 생각해?"

"괜찮아요. 근데 여자 동생이면 좋겠어요. 남자 애들은 말썽쟁이라 싫어요."

그 뒤 연지와 함께 『모든 가족은 특별해요』(문학동네, 2005)와 『특별한 손님』(베틀북, 2005)과 같은 책을 보며 언제 찾아올지 모를 특별한 가족을 맞이할 준비를 하기도 했다.

우리는 평생 동안 채워지지 않는 욕구를 타인을 향해 끊임없이 요구하고, 상대에게 일방적으로 비합리적인 투사를 하며 살아간다.

눈먼 장님 연기를 하는 광대 장생과 공길은 '나 여기 있고, 너 거기 있지!'를 외치며 서로를 부둥켜안으려 다가가지만, 번번이 엇갈린 방향으로 나가떨어질 뿐이다. 그래서 하늘도 땅도 아닌 허공의 외줄 위까지 밀려갔을 때, 비로소 더 이상 선택의 여지가 없다는 걸 깨닫고 후회를 할지도 모른다.

그러니 상처와 후회를 줄이기 위하여, 때로는 순간을 위한 연습이 필요하지 않을까.

　우리들 역시 세상이라는 무대에서 광대로서의 삶을 연기하고 있는
지도 모른다. 자, 이제 불행을 연기할 것인가, 행복을 연기할 것인가?

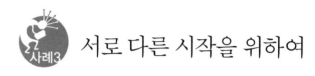

서로 다른 시작을 위하여

'세상에서 가장 사랑하는 엄마 아빠와 더 이상 한 집에서 함께 살지 못하게 되었다. 왜 나에게 이런 일이 일어났을까? 앞으로 나는 어떻게 되는 걸까?'

부모의 이혼은 아이들에게 엄청난 충격이며, 견디기 어려운 고통이고, 받아들이기 쉽지 않은 문제다. 또 부모의 이혼은 현재의 가족 체제가 더 이상 유지될 수 없다는 매우 중요한 가족 전체의 문제다. 하지만 가족 구성원인 아이들은 의사결정 과정에 참여할 수 없다. 아이들은 어느 날 자기 의사와 상관 없이 원치 않는 상황에 놓이게 되는 것이다.

어느 날, 엄마 아빠가 헤어졌습니다

현대사회에서 기존의 가족 체제는 급속한 변화를 겪고 있다. 여러 가지 원인이 있겠으나 전통적 가족관과 오늘날 부부관계나 가족 상호 간에 대한 기대와 요구는 달라지고 있고, 때로 충돌을 빚기도 한다. 이혼과 새로운 가족 형태가 증가한 것 역시 변화의 결과물이다. 이제 '이혼'은 더 이상 가치판단의 문제가 아닌 변화를 겪고 있는 사회현상일 뿐이다. 그러나 이혼이 잘못이나 나쁜 일은 아니지만, 아이들에게 '싫은 일'임은 분명하다.

매스컴은 급속도로 증가하는 우리 사회의 이혼율을 자주 인용 보도한다. 아울러 원인과 대책, 이혼 후 생활 적응, 재혼 등에 대한 기사도 덧붙인다. 하지만 아이들에 대한 걱정과 배려는 미흡하기 그지없다. 해마다 이혼 가정은 늘어나고 있는데, 사회는 이들에 대한 편견을 갖고 전통적인 가족관을 고집함으로써 아이들을 이중 삼중으로 고통 받게 하고 있다. 학교나 사회에 이들을 위한 교육이나 상담 서비스는 부족한 실정이다. 결국 아이들은 개인에게 떠넘겨진 문제를 안고 어떠한 준비나 배려도 받지 못한 채 새로운 환경에 놓이게 되는 것이다.

부모의 이혼이 아이들에게 미치는 영향은 사회 경제적 지위, 부모의 갈등 원인과 정도, 이혼에 도달하는 기간, 자녀의 연령과 성별, 과거의 경험, 부모 자녀 간 관계, 지지 체계와 인지능력 등에 따라 많은 차이를 보이게 된다. 그러나 정도의 차이는 있으나 부모의 이혼을 거의 무방비 상태로 받아들여야 하는 상황에서 많은 아이들이 정서적, 사회적, 행동적, 생리적인 부적응을 보이고 있다. 이런 부적응 현상은 아이들의 특성상 겉으로 잘 표현되지 않는다는 속성도 지니고 있다. 물론 이러한 차이는 개인별 상황과 성향을 고려하면 더욱 다양하게 세분화 될 수 있을 것이다.

하지만 부적응 현상은 아이들에게 달라진 환경과 상황을 이해하고 받아들일 준비를 충분히 시킨 경우에는 크게 나타나지 않을 수도 있다. 다만 이혼으로 인한 가정경제의 악화와 소득격감, 부모 자녀간 의사소통 부재와 단절은 자녀의 문제 행동에 영향을 줄 수 있는 요인으로 보고 있다. 또한 이러한 점은 비이혼가정에도 적용되는 공통적인 문제의 원인이기도 하다.

여기서는 이혼 후 한부모나 조부모가 아이를 양육하는 가정의 독서 치료 사례를 소개하고자 한다.

혹시 나 때문인가요?

부모가 이혼하기 전부터 이혼에 이르는 과정을 지켜 보는 아이들은, 대개 부모의 관계가 그렇게 된 것이 자신 때문이라는 생각을 하기 쉽다. 아이들은 스스로 심리적 부담감을 떠안게 된다.

서로 너무나 달라 매일같이 싸움을 일삼는 부모를 지켜 보던 폴라와 드미트리어스가 결국 부모의 끝혼식을 마련해 주는 그림책 『따로 따로 행복하게』(보림, 1999)에서 주인공 아이들은 '도대체 엄마 아빠가 왜 저러실까? 혹시 우리 때문이 아닐까?' 라며 한동안 속상해하고 슬퍼한다. 그림책 『아빠는 지금 하인리히 거리에 산다』(아이세움, 2001)에서도 엄마가 지난 밤에 집에 들어오지 않은 걸 알게 된 베른트는 아빠에게 "어제 내가 내 방 청소를 하지 않아서 엄마가 나간 거예요?"라고 묻는다. 이 그림책을 읽은 아이들도 이와 비슷한 생각을 하고 있었다.

『아빠는 지금 하인리히 거리에 산다』
네레 마이어 글, 베레나 발하우스 그림,
아이세움, 2001

혜진(여, 10세) : 베른트처럼 부모가 싸울 때 나 때문에 그런 것일지도 모른다는 생각이 들 수도 있을 거예요. 베른트의 마음이 이해돼요.

미영(여, 10세) : 동생 때문에 엄마 아빠가 헤어진 거예요. 엄마가 그러는데 제 동생이 태어나고부터 아빠가 술 마시고 엄마랑 싸우기 시작했대요.

진주(여, 13세) : 내가 잘하면 엄마 아빠가 싸울 일도 없었을 거예요. 솔직히 동생은 칭찬받을 일만 하는데 나는 만날 엄마한테 야단맞으면서 대들고, 그래서 아빠가 엄마한테 또 뭐라고 하고. 동생이 첫째였으면 그럴 일이 없었을 텐데…….(흐느껴 운다.)

엄마 아빠 문제로 고민하던 폴라와 드미트리어스는 학교 알림판에

"엄마 아빠 때문에 골치 아픈 사람 모이자!"라고 써 붙인다. 그러자 아이들이 구름처럼 몰려들었고, 회의 끝에 아이들 잘못은 아니라는 결론을 얻는다. 베른트 역시 "네 탓이 아니라, 아빠의 문제야."라는 아빠의 대답을 들으며 결국 부모의 이혼을 겪게 된다.

아이들에게 '이혼은 너희들 잘못이 아닌 부모들만의 문제'라는 걸 확실하게 인식시켜 줄 필요성이 있다. 죄책감은 상황을 객관적으로 보는 눈을 가리고, 자존감과 인간관계를 위축시키는 요인이 된다. 나아가 예측할 수 없는 불확실한 상태가 불안과 긴장, 무기력 등을 불러오기도 한다.

또 부모의 이혼이 자신의 탓이라고 여겨 자신을 비난하는 형태로 발전하면 심리적으로 더욱 상처를 입게 된다. 부모가 이혼할 당시 아이의 연령이 어릴수록, 이혼한 직후일수록 자기 비하가 심할 가능성이 높다.

부모의 이혼을 경험한 아이들

시간이 지날수록 부모의 이혼을 받아들여야 하는 아이들은 현실에서 심한 고통과 갈등을 겪는다.

아빠와 사는 수진(여, 10세)이는 주인공이 자신의 어려운 가정형편을 선생님께 이해받지 못해 힘겨워하는 이야기를 다룬 단편동화 「독후감 숙제」(『문제아』 수록, 창비, 1999)를 읽고 그림일기를 썼다. '마음이 속상해서' 손을 가슴에 대고 있는 주인공을 그리고, '그 애 마음이 너무 아프겠다. 나중에 나랑 엄마랑 좋아하게 되어도 말이다. 난 엄마가 뭐라고 해도(책에서처럼) 엄마랑 꼭 친해지고 말겠다. 엄마 아빠 정말 사랑합니다.' 라고 썼다.

수진이는 엄마와 다시 함께 살지 못하게 될 거라는 불안감을 주인공에게 이입시켜 말하고 있다. 엄마에 대한 원망을 누르며 그리움을 결심으로까지 보여 주고 있는 것이다.

엄마랑 사는 현우(남, 8세)와는 아빠의 실직과 경제적 어려움을 겪는 가족의 문제를 다룬 그림책 『힘든 때』(미래아이, 2005)를 읽고 다음과 같은 이야기를 나누었다.

내가 힘든 때는 어떤 때일까?
– 아빠가 없어서. 보고 싶으니까.
우리 가족이 힘든 때는 어떤 때일까?
– 돈이 없을 때. 사고 싶은 걸 못 사니까.
아빠는 어떤 때 힘들까?
– 오르죠. 떨어져 사는데 어떻게 알아요.

그리고 떨어져 사는 아빠에 대한 자랑을 한참 동안 늘어놓았다. 몇 번 만난 적도 없는 아빠에 대해 아이는 자신의 그리움으로 기대하는 상(像)을 만들어 놓은 것이다. 아이들은 떨어져 사는 한 쪽 부모에 대한

『난 집을 나가 버릴 테야!』
우르젤쉐플러 외 글, 원유미 그림,
엄혜숙 엮음, 푸른나무, 1996

애착을 과도하게 키운 나머지 양육자인 한부모에게 헤어져 살게 된 책임을 돌리는 경향도 보인다. 경제적 어려움을 겪으며 양육하는 한부모일수록 이런 아이와 갈등을 빚는 경우가 생기기도 한다.

사과나무, 물고기, 바람 등이 되었다고 상상해 보는 단편동화 「상상해 봐」(『난 집을 나가 버릴 테야!』 수록, 푸른나무, 1996)를 읽은 미영(여, 10세)이는 자유로운 상상을 하는 책 내용과 달리 다음과 같이 생각을 표현했다.

애, 두 눈을 꼭 감고 상상해 봐, 네가 할머니 팔 대신이라고 말이야.
– 나는 할머니 대신 슈퍼에 많이 들렀어. 그래서 슈퍼 아줌마를 잘 알아.

애, 두 눈을 꼭 감고 상상해 봐, 네가 치료기 라고 말이야.
– 아프신 할머니 팔을 낫게 해 주잖아.

애, 두 눈을 꼭 감고 상상해 봐, 네가 침대 라고 말이야.
– 일 나갔다 늦게 오시는 할머니가 잘 주무실 수 있게 말이야.

미영이는 부모의 이혼과 재혼으로 할머니와 함께 살며 자신의 양육자인 할머니에 대한 걱정을 많이 하고 있었다. 이런 걱정이 심해지면 또다시 버림받고 혼자 남게 될지도 모른다는 두려움으로 발전하기도 한다.

내가 잘하면 되돌릴 수 있나요?

아이들은 부모가 이혼을 한 이후에도 가족이 다시 함께 살 것이라는 기대를 쉽게 버리지 못한다. 물론 이혼 후 얼마의 시간이 지났느냐, 이혼 당시 상황을 어떻게 기억하느냐 등에 따라 그 바람 정도가 다르다. 시간이 얼마 지나지 않은 경우, 아이의 나이가 어릴수록, 엄마와 헤어진 경우, 부모가 이혼한 상황을 정확히 설명해 주지 않은 경우에 미련을 버리지 못하는 일이 많다.

아이들은 '내가 잘하면 이 상황을 되돌릴 수 있지 않을까?'라는 기대를 하고 있다.

다음은 미영(여, 10세)이가 『아빠는 지금 하인리히 거리에 산다』의 베른트에게 하고 싶은 말을 쓴 편지의 일부이다.

베른트야, 너희 부모님이 자주 싸우셔서 나중에는 이혼을 했잖아. 그래도 니가 잘하면 부모님이 화해할지도 모르잖아. 그러니까 니가 잘하는 것을 보여 드려 봐.

혜민(여, 8세)이는 다음과 같이 말했다. "나하고 동생이랑 사이좋게 지내야 돼요. 안 그러면 아빠가 속상해하고, 외로워지면 새엄마를 빨리 사귈지도 몰라요. 그래서 동생이 깨물어도 참고, 동생 때문에 할머니한테 혼나도 참아요."

아이들은 '베른트가 앞으로 어떻게 되었으면 좋겠니?' 라는 질문에 이렇게 대답했다.

혜진(여, 10세, 엄마와 살고 있음) : 베른트 아빠가 생각을 바꿔 집으로 돌아와서 화해했으면 좋겠어요.

미영(여, 10세, 할머니와 살고 있음) : 엄마랑 아빠랑 같이 살았으면 좋겠어요. 그렇게 될 수 있을지 잘 모르겠지만, 노력하면 될 수도 있죠.

수진(여, 10세, 엄마가 외할머니 병간호 하러 간다고 말하고 헤어짐) : 베른트가 이제 행복했으면 좋겠어요. 할머니한테 일러서 엄마 아빠 혼내고 다시 같이 살았으면 좋겠어요.

막연한 희망을 저버릴 수 없는 아이들에게 현실을 받아들이게 하는 일은 어렵다.

수진(여, 10세)이는 "내 소원은 엄마랑 같이 사는 거예요. 근데 소원이 이루어지려면 별똥별 떨어지는 걸 봐야죠. 책에서 봤어요. 그래서 아파트 복도에 나와서 자리 깔고 뭐 먹으면서 별똥별 떨어지는 거 기

다려요. 아직 본 적은 없지만."이라고 말했고, 혜민(여, 8세)이는 "가족
은 무조건 똘똘 뭉쳐야 돼요. 우선 다 같이 모여 살면 엄마랑 아빠도
화해도 하고, 엄마 우울증도 나을 거예요."라고 말했다.

이런 아이들에게 기도나 믿음이 마음을 편안하게 해 주는 방법이 될
수도 있지만, 그것만으로 상황을 바꿀 수 없다는 현실도 받아들이도록
해야 한다.

도대체 어른들의 세계는 무엇이란 말인가?

아이들은 마음속 깊이 억누르고 있던 자신의 감정을 발산하면서 현
실을 직면하고, 아프지만 받아들이는 과정을 겪는다.

혜진(여, 10세)이는 어렸을 때 부모가 이혼해 아버지에 대한 기억이
없고, 단 둘이 사는 엄마에게 배려와 사랑을 많이 받는 편이었다. 학교
에서도 성적이 좋고 친구들과의 관계도 원만하다. 또래보다 조숙하고
리더십도 있다. 그래서 다른 아이들보다 드러난 문제가 크지 않았다.
하지만 10회기째 만남에서 다음과 같은 글을 써 자신의 감정을 표현한
뒤, "태어나서 처음으로 이런 마음 표현한 거예요."라고 말했다.

베르트는 아직 어리다. 곰 인형을 가지고 놀 만큼 아주 어리다.
그 어린 나이에 엄마 아빠의 이혼도 이해를 못 할 것이다.
베르트는 어린아이라서 성질이 예민하다. 베르트는 보보와 도

도 인형처럼 행복한 가정을 원할 것이다. 그 사이에 꼭 들어가서 영원한 기쁨과 행복을 누리고 싶을 것이다. 엄마와 아빠의 사이를 만회시키고 싶을 것이다.

이혼을 못마땅하게 생각하는 베른트를 위해 엄마와 아빠는 늘 이렇게 말했다. '너는 언제까지나 내 아들이고, 난 언제까지나 네 아빠야.'

하지만 떨어져 사는데 아빠가 왜 영원히 우리 아빠야? 이렇게 베른트는 말하고 싶었을 것이다. 아빠가 결혼을 해 아들을 낳는다면, 그것도 영원히 아빠란 말인가? 엄마가 재혼을 해 아빠가 생기고, 동생이 생기고, 마음속에 새아빠 생각이 채워진다면 그것도 영원히 아빠란 말인가? 아빠 생각이 지워지고, 새아빠가 마음에 자리 잡는다면 그것도 영원한 아빠란 말인가?

베른트는 어리다. 곰 인형을 가지고 놀 만큼 어리다. 그렇다면 베른트가 어느 정도 자라서 이해를 할 만큼 되면 이혼을 해야 할 것 아닌가?

나도 이해를 못 하겠다. 도대체 엄마 아빠의 세계는 무엇이란 말인가?

혜진이는 엄마에게 부모의 이혼에 대한 설명을 듣거나 그 일에 대해 자신의 마음을 표현한 적이 한 번도 없었다. 혜진이의 글은 어른들의 합리적인 설명에도 불구하고 자신의 입장을 내세워 더 합리적으로 반

박하고 있다. 이것이 바로 아이들이 어른들을 향해 외치고 싶은 말일 것이다.

부모의 이혼으로 친엄마와 헤어진 뒤, 아빠의 재혼으로 새엄마를 맞는 과정을 경험하는 동안 상담이 진행되었던 연지(여, 8세)는 한밤중에 일어나 한참 동안 크게 울고 난 뒤 "아, 이제 시원하다."라고 말했다고 한다. 이후 연지는 상담에 적극적으로 참여하며 차츰 가정에 적응해 갔다.

부모들은 아이들에게 되도록 솔직하게 상황을 설명해 줘야 한다. 이때 상대를 비난하거나 책임을 떠넘기는 일은 아이들에게 상처를 주게 되고, 부정적인 부모상을 형성시켜 아이의 성장에 나쁜 영향을 준다.

엄마가 외할머니의 병간호를 하러 갔다거나(수진), 엄마가 우울증에 걸려 병원에 입원했다가 지금은 외국에 갔는데 거기서 병이 심해져 죽을지도 모른다(혜민)는 식으로 설명해 주면 아이들은 더 혼란스럽다.

혜민(여, 8세)이는 자신이 엄마에 대해 물을 때마다 보태지는 아빠의 지어낸 설명에 충격을 받았다. 혼자 감당하기 어려웠던 혜민이는 친구를 믿고 이 비밀을 털어놓았다. 하지만 비밀을 이해해 주기에 아직 어린 친구는 이 얘기를 반 아이들에게 퍼뜨렸고, 혜민이는 "너네 엄마 죽었다며? 쯧쯧, 안됐다."라는 놀림을 받았다. 아이는 소문이 더 퍼질까 봐 담임선생님께 이르지도 못하고 혼자 점퍼를 뒤집어쓰고 울었다고 말했다. 나는 아이에게 마음이 아플 때 누군가에게 털어놓고 위로를 받고자 한 건 좋은 생각이라고 말해 주었다. 그리고 자신을 이해하고 위로해 줄 사람을 찾을 땐 깊이 생각해야 한다고도 말했다. 혜민이가 골똘히 생각한 후 주변에서 찾은 사람은 '방과후 담임선생님과 독서 선생님'이었다. 그리고 "아직 친구들은 나를 이해 못해요."라고 덧붙였다.

진주(여, 13세)는 부모가 극심한 갈등과 불화를 겪다가 이혼하는 과정을 지켜 봤는데 아버지 일기장을 보게 되어 도움을 받은 경우다. 자기가 태어날 때의 감동과 잘 키우겠다는 다짐을 읽고 아버지에 대한 부정적인 감정을 거둬들였다. '아버지가 우리를 버린 게 아니라 엄마와 헤어진 것'이라고 생각을 정리하고, "나중에 커서도 부모를 원망하지는 않겠다."고 말했다.

자존감 키우기

사실, 이혼 가정 아동을 상담할 때 전체 회기에서 '이혼' 문제를 구체적으로 다루는 경우는 많지 않다. 그보다는 자존감을 키워 줘 아이 자신의 힘을 길러 주고, 사회성 훈련 등을 통해 가정과 학교에서 겪는 어려움을 해결해 주는 프로그램을 중점적으로 진행한다.

상담 과정을 통해 내부의 힘이 생긴 아이들은 비로소 자신의 아픔을 드러내고 치유하고 통찰해 가는 과정을 겪는다. 자기가 상황에 지배당하는 존재가 아닌 현실을 살아가는 주체임을 깨닫게 되는 것이다.

이 때 아이들과 '나는 특별해 배지', '칭찬 자격증', '내가 나에게 주는 상장' 등을 만드는 활동을 했다. 그리고 주인공이 '나는 나이기 때문에 특별하며, 남들이 어떻게 생각하느냐 보다 내가 어떻게 생각하느냐가 더 중요하다는 것'을 깨닫게 되는 그림책『너는 특별하단다』(고슴도치, 2002)를 함께 보았다.

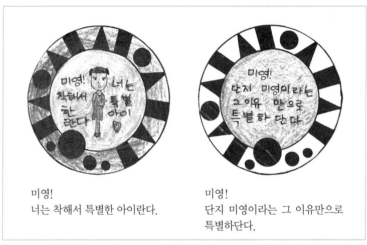

미영!
너는 착해서 특별한 아이란다.

미영!
단지 미영이라는 그 이유만으로
특별하단다.

미영이의 '나는 특별해' 배지

서로 다른 시작을 위하여

이제 변화를 거듭하고 있는 현대사회에서 전통적인 가정 윤리와 가족에 대한 가치관을 대신할 대안과 방안을 만들어 사회 전체가 공유해야 할 때다. 이것이 합리적인 가정, 성숙한 가족 문화를 만들어 내고

「실험 가족」
배봉기 글, 박지영 그림, 푸른책들, 2003
「조각보 이불」
최지현 외 3인 글, 이상현 외 그림, 푸른책들,
2005

모두가 추구하는 건강한 사회를 만들어 가도록 해 줄 것이다. 가족이라는 테두리 안에 숨죽이고 있는 아이들이 있다는 사실 역시 간과해서는 안 된다. 이들에게 개인이나 사회가 진지한 관심을 기울일 필요가 있다.

비단 이혼뿐 아니라 불합리한 가족관계, 가정 내 폭력, 자녀들에 대한 방임, 방치 등도 아이들에게는 상처와 고통을 주는 심각한 가정 문제다. 가정의 형태가 중요한 게 아니라 가족내 갈등 상황이 문제인 것이다. 이혼은 한편으로는 갈등 상황을 끝내고 변화를 모색하고자 하는 새로운 시도일 수 있다.

누구에게나 다시 시작할 기회가 있고, 그 시작은 서로 다를 수 있다.

『실험 가족』(푸른책들, 2003), 『조각보 이불』(푸른책들, 2005)은 서로 다른 시작과 새로운 가정을 만들어 가는 진지한 노력을 보여 준다. 『어느 날 내 인형이 편지를 보냈어요』(주니어김영사, 2004)는 아빠를 그리워하는 아이를 위한 이웃들의 세심한 배려와 노력을 보여 줌으로써 가정의 문제를 자연스럽게 사회화하고 있다. 이런 책들은 비이혼 가정 아이들에게도 이해의 폭을 넓혀 준다.

6개월에 걸친 상담을 마치고 3개월 만에 연지(여, 8세)를 복지관에서 다시 만났다. 여러 아이들 틈에 끼어 있던 연지는 손을 번쩍 들고 "선생님, 안녕하세요."라고 외치며 아는 체를 했다. 그러곤 이내 친구들 속으로 파묻혔다. 나는 그 동안 한 번도 보지 못한 아이의 활달한 모습을 보았다. 연지는 힘든 과정을 거쳐 새엄마를 받아들이고 재혼가정에서 안정을 찾아가는 중이었다. 못 본 사이 뺨이 통통해지고 키도 한 뼘은 쑥 컸다.

연지는 아빠의 재혼 직후 친엄마를 못 만나던 때, 시를 읽고 '나무'에게 하고 싶은 말을 해 주라고 하자 한참을 머뭇거리다가 이렇게 말했다.

"나무야, 난 썩은 나무라고 안 해서 좋았지? 이제부터는 사람들이 널 놀리는 시간도 없게 할게."

현실의 어려움에 주저앉지 않고 힘을 내 자기 자신을 키운 아이가 나를 향해 손을 번쩍 들었을 때, 나는 푸른 하늘을 향해 자라는 한 그루의 나무를 보는 듯했다. 뿌리가 단단하고 잎이 푸른 건강한 나무 말이다.

나 무 천상병

사람들은 모두 그 나무를 썩은 나무라고 그랬다. 그러나 나는 그 나무가 썩은 나무는 아니라고 그랬다. 그 밤, 나는 꿈을 꾸었다.
그리하여 나는 그 꿈 속에서 무럭무럭 푸른 하늘에 닿을 듯이 가지를 펴며 자라 가는 그 나무를 보았다.

나는 또다시 사람을 모아 그 나무가 썩은 나무는 아니라고 그랬다.

그 나무는 썩은 나무가 아니다.

『가만히 들여다보면』(문학과지성사, 2002) 수록

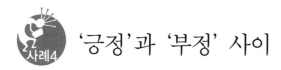# '긍정'과 '부정' 사이

월드컵으로 뜨거웠던 때, 그 산더미 같은 축구 이야기들 속에서 나는 차두리 선수의 이야기를 꺼내어 함께 나누고 싶다. 월드컵에서 아버지 차범근 감독과 동반 해설자로 나선 차두리 선수는 특유의 낙천적 성격을 드러내며 솔직하고 꾸밈없는 태도와 말로 단박에 시청자들을 매료시켰다.

부러운 아버지와 아들

나는 그가 해설을 맡았다는 이야기를 처음 들었을 때 놀랐다. 월드컵 대표 팀에서 탈락한 충격과 좌절감이 클텐데 어떻게 그 대회의 해설자를 맡을 수 있을까? 그 다음 놀란 건 세계적인 선수였으며 대선배인 아버지 옆에서 반대 의견을 굽히지 않는 점이었다. 차범근 감독 역시 아들과 논쟁을 벌이긴 하나 권위적이거나 자식을 지배하고 있다는 느낌은 주지 않았다. 차두리 선수는 독일 팀의 동료 선수가 나오자 친한 선수를 월드컵 경기에서 보니 기쁘다고 했다. 또 유명한 선수들이 나오면 사인을 받거나 인사를 했던 경험도 자랑스럽게 말했다.

차범근 감독은 월드컵 기간 중 인터뷰와 일간지에 연재한 글에서, 평소 언론인을 꿈꾸던 아들에게 기회를 주는 것도 좋겠다 싶어 동반 해설 제의를 받아들였다고 했다. 또 자신이 선수 시절엔 아무리 세계적인 선수라도 경쟁에서 이겨야 할 대상이라고 생각했지, 아들처럼 스타로 여겨 사인을 받는 일은 상상도 못했다고 했다. 그러면서 '남의 행복이 커질수록 나의 행복이 작아지는 것은 아니'라고 말하는 아들이 자랑스럽고, 그런 세대를 물려 준 당신의 세대가 자랑스럽다고 밝혔다. 아들의 실수엔 엄한 표정을 보이고, 유럽 축구 정보에 능통한 아들 앞에선 흐뭇한 미소를 감추지 못하는 차범근 감독의 모습은 월드컵 기간 내내 매스컴의 주목을 받았다.

많은 누리꾼들도 이런 부자(父子)의 모습에 '부러움'을 감추지 못했다. 자신의 상황을 언제나 긍정적이고 낙천적으로 받아들이는 아들을 둔 차범근 감독이 부러웠고, 한 발짝 뒤에서 애정으로 지켜 보는 아버지를 둔 차두리 선수가 부러웠다.

나는 청소년이거나 젊은이들일 것이라 추측되는 누리꾼들의 글을 읽으며 '아버지'를 잃어버린, '아버지'를 부러워하는 사람들의 쓸쓸

한 속내를 보는 것 같았다.

자신을 뛰어넘는 선수가 되지 못하는 아들을 둔 아버지와 아버지를 뛰어넘는 선수가 되지 못하는 아들의 관계, 충분히 갈등과 불행이 끼어들 소지가 많다. 물론 그들 나름대로 문제가 없지는 않겠지만, 이들은 지금 이대로도 충분히 서로가 서로를 자랑스러워하고 존중하는 부자(父子)의 관계를 보여 주었다.

사회적으로 성공한 여성들 뒤엔 어려서부터 크게 지지해 준 아버지가 많았다는 외국의 사례도 있고, 협상과 타협의 기술은 어린 시절 아버지로부터 영향을 받는다는 보고도 있다.

나는 우리 아이들이 자랐을 때 차두리 선수 같은 젊은이가 되었으면 좋겠다. 비록 차범근 감독 같은 아버지가 없는 경우라도 어떤 상황에서든 긍정적으로 생각할 줄 알고, 자신의 행복을 스스로 만들어갈 줄 아는 젊은이 말이다. '아버지'를 비롯한 주변의 지지와 사랑 없이 그렇게 되기란 쉽지 않은 일이지만 그럼에도 우리 아이들이 그렇게 되었음 하고 기원한다.

'긍정'과 '부정' 사이

내가 집단프로그램을 진행하는 청소년센터의 아이들은 '부정적인 감정'이 마치 습관처럼 배어 있었다. 물론 모든 아이들이 그런 것은 아니지만 전체적인 학급의 분위기를 지배할 정도의 숫자가 그랬다.

아이들은 첫 시간에 책을 안고 들어선 나를 보자마자, "에이, 논술이다 논술.", "책 읽기 싫은데……." 하며 얼굴을 찡그렸다. "이렇게 해 보자."는 내 말이 끝나자마자 "싫어요.", "안 하면 안 돼요?", "그거 말고 다른 거 해요."라며 무조건 반대부터 했다. 프로그램 진행 도중에 계속 규칙을 바꾸고, 마음에 안 들면 자기네끼리 주먹다짐을 하기도 했다.

그럴수록 상담 진행자는 긍정적인 반응을 지속적으로 보여 줄 필요가 있다. 특별히 칭찬 처방을 필요로 하는 아이들에겐 기회가 될 때마다 아낌없이 칭찬을 해 준다. '칭찬은 고래도 춤추게 한다'는 말도 있지 않은가. 부정적인 아이들에게는 긍정적인 자극을 주는 것만큼 효과적인 방법도 없다. '칭찬'에는 아이를 변하게 하는 무한한 힘과 가능성이 있기 때문이다.

다음은 긍정적인 자극을 통해 아이들이 보여 준 반응과 변화에 대한 독서치료 사례들이다.

긍정의 변화

나는 감정 훈련의 하나로 아이들과 '사랑'에 대해 이야기하고 느낌을 나누었다. 주어진 시간의 절반 동안 다양한 글과 그림을 제시하며 대화를 나누고, 그런 다음에 '자신을 만나는 시간'이란 제목을 붙인 글로 정리하는 시간을 주었다.

민규(남, 11세)는 읽어 주고 보여 주는 글과 그림은 보지 않고 프로그램 시간 내내 장난만 쳤다.

사랑은 개떡 같다.

글 쓰는 시간을 준 지 30초도 지나지 않아 민규가 다 썼다고 가져온 시다. 공책을 내미는 얼굴엔 한껏 짜증이 배어 있었다. 야단을 맞더라도 더 이상은 안 쓰겠다는, '쓰라니까 이 정도 성의를 보였으니 됐지?' 하는 반항까지 드러나 있었다.

"썼으니까 됐죠?"

"개떡? 그거 맛있는 건데. 근데 개떡이랑 사랑이랑 무슨 관계가 있을까?"

민규는 잔소리 한 마디 듣고 빨리 끝내려 했을 것이다. 그러나 예상하지 못했던 나의 호기심어린 반응에 잠시 머뭇거리더니 생각을 바꿨나 보다.

"그럼, 쪼끔 더 써 볼까요?"

"그래 볼래?"

부정적인 자신의 기분을 '개떡'에 힘 주어 드러냈던 민규는 시를 다시 써 오며 긍정적 표현으로 바꾸었다.

사랑은 개떡 같다.

맛있는 개떡,

달콤한 개떡,

나는 그렇게 생각한다.

나는 민규가 완성한 시를 보고 진심으로 감동했다. 만약 기성 시인이 이런 시를 썼다면 '날것 그대로의 언어로 사랑의 본질을 꿰뚫어 노래했다.' 뭐 이런 비평이 나오지 않았을까?

나의 감동과 칭찬에 민규의 얼굴이 환해진다. 정리 시간에 자기 시를 읽어 줄 거냐고 묻기까지 한다. 교실 안을 돌아다니며 다른 아이들과 장난치고 떠들던 지난 시간들과 달리 옆자리 여자 짝꿍이랑 '그래도 사랑은 양보할 수 없다'는 주제로 의견을 나누며, 다른 아이들이 글을 쓸 동안 기다려 주었다. 자기 시가 발표될 때까지 얌전하게 말이다.

학기 중에 새로 들어온 성준(남, 13세)이는 또래 아이들보다 덩치가 크고 성숙했다. 오자마자 자신의 패거리를 만들어 몰고 다녔다. 프로그램 시간에도 이들은 내 말보다 성준이의 말과 행동에 더 주목했다.

나는 2층 교실로 올라가다 만난 성준이에게 일부러 책가방을 들어 달라고 부탁하고는 고맙다고 말해 주었다.

"성준아, 오늘은 왜 이렇게 산만하지? 지난 시간에는 안 그랬는데."

"저 원래 수업시간에 이래요. 잘한 적 없어요."

"원래부터 그런 사람은 없어. 나는 지금 네 행동에 대해서 말하는 거고, 지난 시간에 책 읽어 줄 때 맨 앞에 앉아서 열심히 들었던 것과 비교해서 말하는 거야."

"어, 내가 그랬나?"

사소한 칭찬거리라도 기억해 두었다
가 지적할 일이 있을 때 함께 말해 주면
좋다. 그러면 큰 소리로 야단치는 것만
큼 행동을 바로 중단시키지는 못하지
만, 아이들은 비난 받는다는 느낌 대신
격려 받는다는 느낌을 받는다. 자존감

『틀려도 괜찮아』
마키타 신지 글, 하세가와 토모코 그림,
토토북, 2006

이 남아 있어야 부정적인 행동을 자신의 의지로 교정할 수 있기 때문
이다.

프로그램 시간에도 여전히 아이들과 쉴 새 없이 장난치는 성준이는
다행히 글쓰기만큼은 솔직하고 담백하다. 언제나 자신이 쓴 글에 보충
설명도 친절하게 하고 내 의견을 궁금해 하기도 한다.

다음은 수업 시간에 틀릴까 봐 두려워하는 아이의 마음을 헤아려 용
기를 북돋워 주는 내용의 그림책 『틀려도 괜찮아』(토토북, 2006)를 읽고
성준이가 자신에게 쓴 글이다.

틀려도 괜찮아, 성준아.
성준아, 지금은 운동 실력이나 발표 실력이 많이 늘었니?
처음에 태권도를 시작했을 때 많이 틀리고 실수도 많이 했는데
지금은 검은 띠가 돼서 네 밑에 있는 애들이 모르는 걸 잘 알려

주는구나.

운동 실력과 함께 후배들과 동생을 위하는 마음도 덤으로 가져왔네.

그리고 학교에서 발표 시간에 발표를 많이 안 했는데 요즘은 많이 하지? 발표 실력이 늘어서 잘 됐다.

성준이가 또 하나의 성준이에게

요즘은 소란스러운 성준이에게 눈짓을 하면, "저 원래 이런대요." 대신 "알았어요, 알았어요." 하며 자세를 고치고 주변의 아이들에게 조용히 하라고 하기도 한다. 그게 오래 가지 않는 게 흠이긴 하지만.

세상에서 가장 듣기 좋은 말과 싫은 말

청소년센터 아이들에게 프로그램 중 '세상에서 내가 가장 듣기 좋은 말과 싫은 말'을 물어 본 적이 있다.

듣기 좋은 말로는 '칭찬, 고마워, 의젓하구나, 미안해' 등을 들었다. 듣기 싫은 말로는 '욕, 키가 작다, 살쪘다, 너 까불지 마, 공부 좀 잘해라, 넌 그렇게 밖에 못 하니?' 등이 있었다. 듣기 좋은 말로는 그냥 '칭찬'이라고 한 아이들이 많았지만, 듣기 싫은 말로는 구체적인 '욕'을 말한 경우가 많았다.

그 중에 재성(남,13세)이는 듣기 싫은 말을 '쯧쯧쯧'이라고 했다. 그

말 속에 담긴 무시와 비하와 경멸은 말하는 사람은 잘 알지 못한다. 그동안 그 말을 듣는 아이는 얼마나 상처를 받았을까? 어른들은 눈에 거슬리는 행동을 볼 때마다 '쯧쯧쯧' 혀를 찼을 것이다. 재성이는 그 소리를 들을 때마다 자존감이 팍팍 낮아졌을 것이다.

재성이는 문장의 앞부분만 제시하고 뒷부분을 자신의 생각으로 채워 넣는 '문장 완성 검사'에서 다음과 같이 썼다.

나는 친구가 좋다.
다른 사람들은 나를 학교에서 말 없는 애로 안다.
우리 엄마는 아주~ 아주~ 아주~ 착하다.
나는 나쁘다.
나에게 가장 좋았던 일은 어른을 도와 준 것
내가 걱정하는 것은 선생님이 화나는 것
나의 좋은 점은 물건을 잘 빌려 준다.
나의 나쁜 점은 잘난 체한다, 비겁하다.
나는 때때로 멍청하다.
나를 가장 슬프게 하는 것은 친구나 가족을 때리는 사람

자신을 '친구가 좋고, 어른을 도와 드리고, 물건을 잘 빌려 주는 나'로 인식하면서도, '비겁하다, 멍청하다'라는 단어로 비하하고 있어 안타까웠다.

재성이의 또 다른 글에서는 집안 분위기가 드러난다.

저녁 때 집에 들어가면 형은 방에서 컴퓨터 게임을 하고 있고, 아빠는 밥 먹고 있거나 텔레비전을 보고 있다. 아빠는 일을 갔다 저녁 7시에 오고, 엄마는 새벽 7시 30분에 출근해서 저녁 6시에 올 때도 있고 낮 1시 30분에 가서 밤 12시 30분에 올 때도 있다.

집에 오면 밥을 먹고 씻고 잔다. 나는 불만이다. 왜냐하면 오자마자 "밥 먹을래?", "자라.", "공부해라.", "이 닦아라." 그런 소리밖에 안 하기 때문이다. 우리 아빠는 A형이라서 잘못한 일을 너무 꾸짖는다. 그게 불만이다.

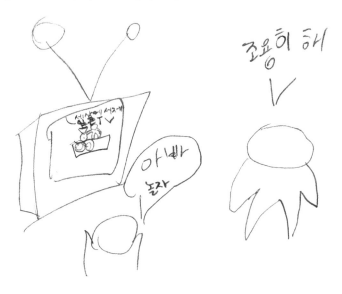

글 밑에 만화처럼 그린 그림에는 텔레비전을 보는 아빠에게 "놀자!"라고 말하는 아이와 "조용히 해!"라고 소리 지르는 아빠가 있다.

주변 사람들의 긍정적인 반응은 자신감을 심어 주고, 자존감을 키워 준다. 부정적인 반응을 많이 듣는 아이는 또래 관계에서도 부정적인 말을 많이 쓰고 부정적인 면을 많이 보고, 상황을 부정적으로 판단하기 쉽다.

무심코 뱉는 '쯧쯧쯧' 같은 말은 아이들을 위축시킨다. 반면 칭찬과 격려와 지지의 말은 아이를 건강하게 키우는 힘이 된다. 특히 그 상대가 부모나 선생님처럼 평소 인정받고 싶은 사람일 경우는 그 영향력이 더욱 커진다.

서로서로 칭찬찾기

진수(남, 8세)는 다른 아이 두 명과 함께 진행한 상담 과정에서 산만함과 부정적인 태도를 많이 보였다. 책상 밑으로 기어들어가거나, 창틀에 올라가 앉아 있기도 했고, 프로그램을 진행할 때마다 "안 해요.", "못해요.", "이런 거 해서 뭐해요?" 라고 말해서 애를 많이 먹었다.

자신과 친구들의 장점 찾기를 할 때

『오소리가 우울하대요』
하이어원 오람 글, 수잔 발리 그림,
보물창고, 2008

·였다. 먼저 숲속 동물 친구들이 우울증에 걸린 오소리 아저씨를 위로하기 위해 '누가 누가 무얼 잘했나' 시상식을 마련하고, 그 자리에서 아저씨가 한 좋은 일을 찾아 상장을 한아름 안겨 줘 병을 낫게 해 주는 내용의 그림책 『오소리가 우울하대요』(보물창고, 2008)를 읽었다. 그리고 친구들에게 '칭찬 자격증'을 만들어 주고, 자신에게도 스스로 칭찬할 점을 찾아 '상장'을 주도록 했다.

진수는 친구들의 칭찬할 점을 모르겠다고 하고, 자기의 장점은 더 못 찾겠다고 했다. 하지만 친구들이 만들어 준 칭찬 자격증과 상담자의 도움으로 힘겹게 만든 자신에게 주는 상장을 받을 땐 입이 함박꽃처럼 벌어졌다.

상장을 받고 나서 "기분이 좋다."고 소감을 말했다. 또 12회기의 상담이 모두 끝나 전체 과정을 평가하는 종결 시간에 '칭찬 상장'을 마음에 가장 남는 일로 꼽기도 했다. 그러면서도 투덜거리는 것을 잊지 않았다.

"상장이란 건 담임선생님이나 교장선생님이 잘

진수가 '친구에게 받은 칭찬 자격증'

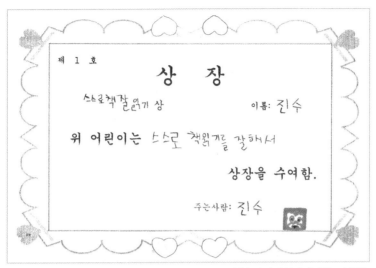

진수가 '자신에게 주는 상장'

했다고 주는 건데, 자기가 자기한테 주는 상장이 어딨어요? 나, 참 이
상한 상도 다 있네."

자신의 장점을 찾아내는 일은 자아를 성장시키는 데 도움이 된다.
또래 친구들의 칭찬은 쑥스럽지만 받으면 기분이 좋다. 그 마음이 고
마워 나도 친구에게 칭찬을 자연스레 돌려 주게 되는 것이다.

아이를 키우는 부모의 언어 습관

부모가 자녀에게 일상적으로 사용하는 말투와 대화 유형은 자녀의
성장에 절대적 영향을 끼친다.

"당장 그만 둬", "울음 그치지 않으면 나 혼자 갈 거다"와 같은 '지시 · 명령 · 경고 · 위협'성 말을 주로 듣는 아이는 부모가 자기 문제에 무관심하다고 느낀다. 그래서 말대답을 하고, 반항하고, 더 고집을 부린다. 그럴수록 부모의 위협과 경고는 더 잦아지지만 아이는 익숙해져 반응을 보이지 않게 된다. 그러면 부모의 벌도 점점 강해지게 되는 것이다.

"누굴 닮아 이 모양이냐?", "널 믿은 게 잘못이지"와 같은 '비판 · 질책 · 비난'은 아이에게 보다 공격적인 대응을 하게 한다. 또 부모와의 관계에서 슬픔과 짜증, 압박감을 느낄 수도 있다. 이런 상황이 반복되면 아이는 자기 자신을 하찮은 존재로 여기며 또 다른 문제를 일으킨다.

대부분의 부모들은 이런 언어 습관이 좋지 않다는 것은 잘 알고 있다. 그래서 "넌 바르게 행동해야 한다."와 같은 도덕적 태도를 가르치는 것을 부모의 의무로 여긴다. 하지만 '도덕 · 윤리 · 설교'를 부모가 수없이 반복해도 아이를 변화시키지 못한다. 아이가 흥분했거나 긴장된 상태에서는 더욱 효과가 없다. 아이는 오히려 압력과 죄책감을 느낄 뿐이다.

그렇다면 '칭찬'은 가장 좋은 대화법일까? '칭찬'할 때도 주의할 점이 있다. "잘했어, 넌 천재야.", "네가 세상에서 최고야.", "네가 누구 자식인데."와 같은 '평가가 있는' 칭찬은 바람직하지 않다. '천재, 최고, 제일, 가장' 등과 같은 일정한 가치가 표현되기 때문이다. 평가가 있는 칭찬을 반복해 들은 아이는 칭찬 속에 잔소리가 있다는 것, 칭찬하는 척하면서 다른 것을 평가한다는 것을 안다. 또 칭찬에 기대게 되어 모든 일에 칭찬을 기다리고 찾는다. 따라서 평가가 있는 칭찬과 무조건적인 칭찬, 격려하는 칭찬을 구별해야 하며, 부모의 입장이 아닌 아이의 감정을 읽어 주는 칭찬을 해야 한다. 아이가 백점 맞은 시험

『부루퉁한 스핑키』
윌리엄 스타이그 글·그림,
비룡소, 1995

지를 보여 주며 기뻐한다면, "우리 딸이 최고야." 대신에 "네가 잘 해 내서 엄마도 기쁘구나."라고 반응해 주는 게 좋다.

일상적인 언어 습관을 바꿔 나가는 것은 매우 어려운 일이지만, 부모 자녀의 관계 개선과 아이의 변화가 선물로 주어지는 보람 있는 일임에 틀림없다.

부정적인 말이 부정적인 사람을 만들고 긍정적인 말이 긍정적인 사람을 키우는 씨앗이 된다.

윌리엄 스타이그의 가족을 주제로 다룬 작품 중 하나인 『부루퉁한 스핑키』(비룡소, 1995)에서 스핑키는 가족들 때문에 화가 났다.

화가 난 스핑키에게 누나와 형은 비아냥거림을 섞어 미안하다고 사과한다. 자라나는 형제 속에서 동생은 형에게 어린애 취급을 당하는 게 불만이다. 형들 역시 어린 동생의 수준에 맞춰 주는 건 유치한 일이

다. 엄마만이 스핑키를 딱하게 여겨 얘기를 해 보려 한다. 하지만 아빠는 놔두라고 하며 "저러다 제 풀에 지치게 그냥 두라구. 하나도 골낼 일이 아닌 걸 가지고 말이야."라고 말한다. 사안을 무시한 아빠의 태도는 계속된다. 하룻밤을 마당의 그물침대에서 잔 스핑키를 아랑곳하지 않은 채 일터로 나가 버린 것이다. 게다가 저녁 땐 그물 침대에 누워 있는 스핑키 옆에서 긴 설교를 한다. 그림을 보면 아빠는 눈을 내리깔고 담배 파이프를 피우며 설교에 빠져 있다. 스핑키는 두 손으로 귀를 막고 있다. 아빠는 부모의 의무에 심취해 상대인 아들의 눈조차 마주 보고 있지 않다. 스핑키는 아빠의 설교가 '허튼 소리'로 들리고, 심지어 자신이 '사람'이라는 걸 이해 받지 못한다고 여긴다.

그래서 이 세상이 스핑키를 함부로 대했으므로 스핑키도 이 세상을 싫어하기로 한다. 스핑키 또래의 아이들에게 가족과 가정은 세상의 전부나 마찬가지기 때문이다. 세상 사람들에게 화가 난 스핑키에게 진심이 담기지 않은 형과 누나의 초기 대응은 미흡했다. 그걸 바라보고 조정해 줄 위치에 있던 아빠는 스핑키의 감정을 전혀 이해하지 않고 가르치려 들었다. 엄마만이 한결같은 태도로 스핑키를 걱정하고 보살펴 주었을 뿐이다.

시간이 지나면서 스핑키에 대한 걱정이 점차 커진 가족들은 가족회의를 열고, 할머니를 오시게 하고, 서커스단의 광대를 모셔 오는 등 여러 가지 노력을 한다. 모두가 '끔찍하게 친절하고 끔찍하게 배려' 해 준다. 이제 스핑키가 화를 풀 차례다. 스핑키는 '우스운 꼴이 되지 않으면서' 화를 푸는 방법을 고민한 끝에 가족들이 사용했던 방법을 살짝 벤치마킹한다. 광대 복장으로 아침 식탁을 차려놓고 식구들을 맞이한 것이다. 식구들이 스핑키를 집으로 데리고 들어간 게 아니라 스핑키가 초대한 형식이 된 것이다. 가족들 모두 웃었지만, 스핑키가 우스꽝스러워서가 아니라 스핑키가 화를 푼 방식때문에 웃은 것이다. 한결같이 부루퉁하던 스핑키도 처음으로 웃고 있다. 가족이 모두 함께 모여 웃을 수 있는 공간으로 식탁만한 곳은 없을 것이다.

여기서 형과 누나의 '조소·비웃음'과 아빠의 '설교·훈계'는 문제를 해결하는 데 전혀 도움이 되지 않았다. 가족들이 이런 태도를 버리고 진심으로 스핑키를 대했을 때 비로소 스핑키가 웃을 수 있었던 것이다.

부모들이 전형적인 말을 반복적으로 사용한다면 아이들에겐 그저 '잔소리'일 뿐이다. 하루만이라도 잔소리 없는 날이 있으면 좋겠다는 모든 아이들의 소망을 『잔소리 없는 날』(보물창고, 2004)의 주인공 푸셀이 대표로 이룬다. 단 위험한 일을 하지 않는다는 조건으로 푸셀은 잔소리 없는 세상에서 아슬아슬한 모험을 즐긴다. 병에 든 자두잼을 숟가락으로 퍼 먹기, 학교에서 허락 없이 조퇴하기, 술 취한 사람을 파

『잔소리 없는 날』
안네마리 노르덴 글, 정진희 그림,
보물창고, 2004

티에 초대하기 등이 그것이다. 마지막으로 친구와 캄캄한 공원에서 텐트를 치고 야영하기로 한 푸셀은 몰래 따라와 지켜 주는 아빠를 만난다. 잔소리 없는 날이 끝나자, 푸셀은 오늘 숙제를 못한 것에 대해 엄마에게 대신 편지를 써 달라고 한다. 엄마는 당연히 거절하고, 푸셀은 솔직하게 잔소리 없는 날이어서 숙제를 못했다고 선생님께 편지를 쓴다. 자유를 선택했을 땐 당연히 그 책임도 함께 져야 하는 것이다.

이 작품은 부모의 역할을 말보다 행동으로 보여 주고 있다. 푸셀 역시 머리가 아닌 몸으로 자유와 자율의 경계를 직접 익힌다.

내가 나를 긍정하기

칼 로저스(1902~1987)는 인본주의 심리학의 선구자로 인간중심 치료 기법을 창안한 상담심리학자이다.

인간중심치료란 '지금, 여기에(here and now)'를 중요시하며 '인간은 스스로 자신의 길을 발견하고 성장해 나갈 수 있는 잠재능력이 있다.'고 본다. 그러므로 여기서 상담자의 역할은 대상자가 자신의 문제를 해결할 능력을 되찾고 인간적인 성숙을 이룰 수 있도록 분위기를 조성함으로써 돕는 것이다.

로저스는 어린 시절을 엄격한 가정에서 자랐고, 소년 시절은 외로웠다. 그러나 그의 학문적 관심은 농학, 사학, 종교학을 거쳐 임상심리학에 이르렀으며, 활발한 연구와 활동으로 심리학과 관련된 모든 영역에 지대한 영향을 끼쳤다.

로저스는 인간중심치료 기법으로 정책입안자, 지도자, 갈등 집단을 훈련시켜 정치에 적용하였고, 인종간 긴장 완화와 세계 평화에도 힘썼다. 이러한 업적으로 노벨평화상 후보자로 오르기도 했다.

자신의 회고록에서 '내가 언제 죽을지는 모르지만, 85년 동안 충만하고 흥미로운 삶을 산 것은 안다.'고 밝힌 것처럼, 그는 자신의 이론에 어울리는 도전적이고 열정적인 인생을 살았다.

그러나 로저스는 생전에 한 인터뷰에서 "부모와 연락할 수 있다면 자신의 공로 중에서 어떤 것을 알아 주기를 기대하느냐?"라는 질문에 이렇게 대답했다고 한다.

"어머니는 분명히 부정적인 판단을 할 것이기 때문에, 그 어떤 공로라도 어머니에게 인정 받는다는 것은 상상하기조차 힘들다."

부정적인 어머니를 두었던 로저스는 스스로 긍정적인 에너지를 만들어 내었다. 그래서 '인간 내부의 힘'을 믿으라고 주장한 자신의 이론을 몸소 실천해 성공적인 인생을 살았다. 그 덕분에 우리도 '자신의 힘'을 믿고 '지금, 여기에' 존재하는 '나'를 인정하고, 살아가는 데 용기를 얻는다.

최근 주목 받는 '긍정심리학'은 2006년 내한해 에너지와 활기 넘치는 모습으로 강연을 하기도 했던 미국의 심리학자 마틴 셀리그만이 창시했다.

그 동안의 심리학은 정신질환의 원인과 삶을 불행하게 하는 여러 심리 상태를 완화하는 데 치중했다. 그러다 보니 대다수 일반 사람들이 원하는 것, 덜 불행해지는 방법이 아니라 더 행복해지기 위한 고민을 외면해 왔다. 시련을 겪는 사람들에게 개인의 약점을 보완하고 고통을 완화시키는 방법을 알려 주는 것이, 행복을 증진시키는 비결을 알려 주는 것보다 더 좋을까? 마틴 셀리그만은 '아니'라고 말한다. 삶이 힘든 사람일수록 '삶의 목적과 의미'에 더 관심을 갖는다는 것이다. 따라서 개인의 강점과 미덕을 계발하도록 도와 긍정적 정서가 형성되면 부정적인 정서는 사라진다고 보았다.

그런 의미에서 '긍정심리학'은 삶에 지친 많은 현대인들에게 보다 쉽고 긍정적으로 '희망'을 제시하고 있다.

마음에 흡족한 책을 만난 아이들은 그 책을 껴안고 편안한 미소를 지으며 상담실 문을 나서곤 한다. 문 밖의 세상으로 책을 안고 '자신의 길'을 걸어가는 아이의 뒷모습은 그래서 조금 안심이 된다.

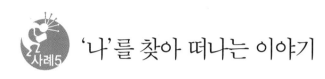

'나'를 찾아 떠나는 이야기

아이들은 이야기를 좋아한다. 할머니에게 옛이야기를 해 달라 조르고, 비 오고 천둥치는 밤이면 귀신 이야기를 해 달라고 보챈다. 한창 사춘기에 접어든 아이들은 연애담이나 로맨스를 기대한다. 아이들에게 인기 있는 어른이고 싶다면 종류별로 이야기를 몇 가지씩 준비하고 다니면 좋다.

이야기를 좋아하는 건 옛날 아이들도 마찬가지였다. 이야기를 즐긴 아이들이 없었다면 '옛날 옛적 호랑이 담배 피던 시절'의 이야기가 오늘날까지 전해 오지 못했을 테니까. 또 옛이야기를 듣고 자란 아이들이 어른이 되고, 할머니 할아버지가 되어 어린 손주들에게 이야기 들려주기를 마다하지 않은 덕분이기도 하겠다.

이야기를 전하는 과정에서 이야기꾼들은 은근슬쩍 자신의 생각을

끼워 넣거나 각색을 시도한다. 더불어 아이들은 이야기를 들으며 자신
만의 상상의 날개를 달아 재창작을 해 나갔을 것이다.

사람들 곁에서 사람들과 함께 살아가는 이야기는 역사를 지니고 있
으며, 이야기의 주인은 그걸 듣고 전한 사람들 모두이다.

독서치료에서의 '이야기'

모든 상담에서 이야기는 중요한 요소이다. 여기서 이야기란 아동이
자신의 삶을 말하는 것이기도 하고, 상담자와 아동이 대화를 나누는
것을 의미하기도 한다. 아동은 이야기를 하면서 삶의 퍼즐 조각을 다시
짜 맞추고, 상담자는 그 이야기에 적절하게 개입하면서 잘못된 곳을 바
꾸고 빈 곳을 채워 아동이 변화하고 새 출발을 하도록 돕는다.

새롭고 건강한 이야기를 통해 적극적으로 살아가는 자기 자신을 바
라볼 때, 삶을 변화시키고 성장시켜 나갈 수 있는 어떤 힘을 얻게 된다
는 관점에서 제시된 것이 바로 '이야기치료'다.

우리나라의 독서치료에서는 아동 상담에서 많이 쓰이는 미술이나
놀이치료 기법을 활용하기도 하고, 글쓰기나 이야기치료 기법을 사용
하기도 한다.

나 역시 기존의 방법들을 다양하게 접목하면서 현장에서 자연스럽
게 찾은 것들이 있다. 그 가운데 하나로 바로 아이들이 자신의 이야기
를 만들어 가는 것을 꼽고 싶다. 이 때 아이들은 책의 힘을 빌려 오는

데 이로써 치료 작업이 더욱 풍부해진다. 나는 이것을 아이들이 이야기를 만든다는 점에서 '이야기 만들기(Making Story)', 자신이 만든 이야기를 자신이 살아 낸다는 점에서 '이야기 삶'이라 이름 붙이고 싶다.

그렇다면 이제 소개될 아이들의 '이야기 삶'이 가능한 배경은 무엇일까?

우선 아이들은 이야기를 좋아한다. 그래서 상담 시간에 제시되는 독서 자료에 관심과 흥미를 보인다. 아이들은 이야기를 통해 '투사적 동일시'를 경험한다. 이야기에서 빠져나온 아이들은 등장인물을 '나도 한 번' 모방해 보고 싶어한다. 또한 새롭게 '재창조'해 보려는 욕구를 갖는다. 그래서 자신의 이야기를 은유와 상징을 이용해 다시 쓰고, 새롭게 만들기도 한다.

분석심리학의 창시자 칼 구스타프 융(1875~1961)은 인간이 남과 비교하지 않고 자신만의 고유한 삶의 의미를 찾아가는 과정을 '개성화(個性化) 과정'이라고 말하며 이것이 심리치료의 핵심이라고 했다. 치열하고도 눈물겨운 투쟁이기도 한 아이들의 '개성화 과정'을 지켜 보면서, 융이 서술한 치료 목적을 되새기게 된다.

"나의 치료 목적은 아동에게 한 번도 기회가 주어지지 않았던, 아무런 희망 없이 굳어져 버린 자신의 존재를 실험하기 시작하는 정신적 상태, 즉 변화와 발전하는 상태로 이끌어내는 것이다."

'나'를 찾아 떠나는 '이야기 삶'

자아(自我)란 자신의 내부에 지닌 특성을 말하고, 자아개념이란 이에 대한 스스로의 이해를 의미한다. 그리고 자아존중감은 자신의 특성에 대한 느낌이나 평가를 뜻한다. 자아존중감 발달에 결정적인 영향을 끼치는 사람은 부모라고 알려지고 있다. 부모의 자녀양육 태도가 자아존중감을 높이는 직접적인 원인은 아니지만, 자녀의 의사를 수용하고 애정을 표현하며 자녀의 문제에 관심을 가져 주는 등의 부모 역할은 자녀의 자아존중감 발달에 중요한 요인이 될 수 있다. 그 밖에 비교 의식을 들 수 있다. 아이들은 5~6세부터 또래와 비교하면서 끊임없이 자기를 평가하기 시작한다. 그렇기 때문에 부모가 자녀를 다른 아이와 비교하는 방식의 훈육은 바람직하지 못한 것이다.

자신을 비추는 거울이라고 할 수 있는 '자아'가 긍정적이고 존중감이 높은 아동은 자신의 모든 특성과 상황을 긍정적으로 평가할 가능성이 높다고 한다. 반면 부정적이고 존중감이 낮은 아동은 자신을 바람직하지 못하다고 여기며 상황을 부정적으로 지각하는 경향이 높다고 한다.

이제, 이해하기 힘든 자신을 둘러싼 세계 속에서 자신을 돌아보고, 자신의 상처와 문제를 극복해 가며, 자기 성장의 길로 나아가고 있는 아동들의 '이야기 삶'을 소개하고자 한다.

특별한 손님을 대하는 우리의 자세

그림책 『특별한 손님』(베틀북, 2005)은 아빠와 단 둘이 사는 케이티의 이야기다. 케이티는 아빠와 함께 텔레비전을 보고, 아빠가 차려 주는 아침을 먹고, 주말이면 아빠와 함께 조용한 바닷가로 산책을 가는 생활에 만족한다.

그러던 어느 날, 아빠의 새 친구인 메리 아줌마와 아들 션이 집으로 찾아온다. 션은 공갈 사탕과 방귀 방석과 같은 온갖 속임수 장난감을 가져오고, 메리 아줌마는 케이티의 도시락을 정해진 방식과 다르게 싸 주고 가장자리를 검게 태운 계란 프라이를 만들어 준다. 그리고 주말이면 모두 함께 시끄러운 놀이 동산이나 피서객이 많은 바닷가에 간다. 케이티는 더 이상 아빠나 자신의 생활, 물건을 손님들과 나눌 수 없다고 아빠에게 말한다. 손님들이 떠나고 다시 일상으로 돌아왔지만, 케이티는 무언가 잃어버렸다는 느낌이 든다. 다음 날 아빠가 메리 아줌마네 집에 가 보자고 하자, 케이티는 셔터를 누르면 물줄기가 뿜어져 나가는 장난감 카메라를 준비한다. 그리고 메리 아줌마네 집 앞에 도착한 아빠와 케이티의 뒷모습, 그리고 션의 장난감 안경을 쓰고 있는 케이티의 곰 인형을 마지막으로 이 책은 끝이 난다.

『특별한 손님』
안나레나 맥아띠 글, 앤서니 브라운 그림,
베틀북, 2005

● 민들레(여, 9세)의 '특별한 손님'

옛날에 한 아이가 살았는데 이름은 케이티였다.

그 애는 아빠랑 바닷가에 살았다.

케이티와 아빠는 저기 멀리 사는 엄마한테 가서 엄마랑 놀고
집에 와서는 둘이 놀았다.

다음 날, 션과 메리 아줌마가 와서 아무렇게나 마음대로 해서
케이티는 집을 다 빼앗긴 것 같았다. 메리 아줌마는 도시락을
이상하게 싸고 엉뚱하게 행동했다.

손님이 가니까 무언가 없어진 것 같고 속이 후련해서 생각 중
인 케이티.

퀴즈 : 가족 많은 것과 아빠랑 둘이 사는 것, 어느 것이 좋을까?
케이티와 아빠는 메리 아줌마네 갔는데, 거기에는 이상한 것
들이 많이 있었다.
다음은 어떻게 될까?

케이티는 결정을 내렸는데, 그것은 두구 두구 두구~, 답은 비밀!
사실은 단 둘이 아빠와 살았다. 말하지 마.

● 채송화(여, 9세)의 '특별한 손님'

케이티는 아빠와 함께 단 둘이 살고 있었어.

케이티와 아빠는 바닷가에서 살고 있었지.

주말마다 케이티는 다른 도시에 살고 있는 엄마에게 놀러갔어. 케이티가 엄마에게 못 가면 아빠와 함께 주말을 보냈지. 케이티는 엄마에게 갔을 때가 떠올랐지.

어느 날, 우리 집에 특별한 손님이 오셨어. 손님은 메리 아줌마와 션이었지.

메리 아줌마는 정말 이상했지. 왜냐하면 도시락을 반대로 싸주었지. 그리고 아침은 계란이었는데 가장자리가 조금 탔지. 나는 어쩔 수 없었어. 왜냐고? 메리 아줌마 마음이니까.

메리 아줌마와 션은 집으로 갔어. 왜냐면 내 마음은 메리 아줌마와 션이 집에 갔으면 했거든.

난 이렇게 생각했어. 메리 아줌마와 션은 무지 재미있는 손님이었거든. 그리고 션은 내 남자 친구 같았지. 나는 션 집에 가고 싶었어. 그래서 아빠와 션에게 갔지.

메리 아줌마와 션은 우리에게 재미있는 선물을 준비했어. 바로 메리 아줌마의 집을 꾸몄던 거야.

그래서 내 마음은 바뀌었지. "언제 또 놀러 갈까?" 션도 내가 좋은 것 같았어.

케이티는 션과 메리 아줌마를 어떻게 대했을까? 특별한 손님은 정말 재미있거든.

케이티는 손님을 재미있게 대했을까?

민들레(여, 9세)와 채송화(여, 9세)는 함께 상담을 받았는데, 두 아동이 책을 읽고 만든 '특별한 손님'은 매우 달랐다. 서로 처한 상황과 심리 상태에 따라 인식하고 반응한 내용이 달랐고, 작품을 이해하는 방향도 달랐다. 물론 만들어 낸 결론도 달랐다.

민들레(여, 9세)는 부모가 이혼한 뒤, 조부모 집에서 살면서 엄마를 한 번도 만나지 못했고, 아빠도 주말에만 만났다. 부모의 재결합을 간절히 원하고 있는 상태에서 아빠의 재혼 이야기가 나오자 긴장하고 있었다. 민들레의 이야기는 '케이티와 아빠가 멀리 사는 엄마를 함께 만나고 오는 것'으로 시작한다. 아이는 이 부분에 네모 칸까지 둘러놓았다. 선과 메리 아줌마의 행동도 '아무렇게 마음대로 해서', '다 빼앗긴 것 같았'고, '엉뚱하게'와 같이 다소 부정적으로 묘사했다. 손님이 가고 난 뒤 케이티는 속이 후련했지만, 다양한 물음표와 퀴즈로 정리되지 않는 복잡한 심정을 표현했다. 민들레는 상담자인 나에게 이 퀴즈를 내고 답을 물었다. 나는 이 책의 주인은 민들레이므로 민들레가 결론을 내야 한다고 했다. 고민하던 민들레는 아주 작고 흘려 쓴 글씨로 '사실은 단 둘이 아빠와 살았다. 말하지 마.'라고 글을 맺었다.

채송화(여, 9세)는 아버지의 재혼으로 새엄마와 살기 시작해 힘겨워하는 시기에 이 책을 보았다. 처음 이 책을 보고 나서 민들레가 "근데 얘네 엄마는 어디 있어요?"라고 자신이 놓친 부분을 묻자, 채송화가 정확히 대답해 주었다. "주말마다 만나러 가서 같이 논다고 했잖아." 민들레는 엄마를 만난 경험이 없었고, 채송화는 엄마를 가끔 만난 경험이 있었기 때문일 것이다.

메리 아줌마의 음식은 '아줌마의 마음'이고, 메리 아줌마와 션이 집으로 돌아간 것은 '내 마음'이라고 자신의 상황에 비추어 현실을 받아들임으로써 자신의 감정을 이야기 속에 투사하고 있다. 그러면서 마지막에 아빠가 가자고 한 게 아니라 내가 가고 싶어서 메리 아줌마가 아닌 션 집에 갔다고 서술하고 있다. 남자 아이들과 잘 지내기 시작하고, 새엄마에게 마음을 열기 시작한 상태를 보여 준다. 게다가 이 책의 화가인 앤서니 브라운이 그의 다른 책에서와 마찬가지로 그림 곳곳에 숨겨 놓은 유머러스한 그림들을 '메리 아줌마와 션은 우리에게 재미있는 선물을 준비'한 것으로 표현하고 있다.

채송화의 결말은 '특별한 손님은 정말 재미있'고 '케이티는 손님을 재미있게 대했을까?'로, 변화된 현실을 긍정적으로 받아들이고 있음을 암시하고 있다.

우리는 '이야기 만들기'가 끝난 뒤, 함께 대화를 나누었다.

채송화에게 "채송화 집에도 손님이 왔지? 새엄마. 가족이 됐잖아." 라고 말하자, 웃으며 "네, 처음엔 손님이었다가."라고 대답했다. 이어서 "메리 아줌마와 션도 케이티의 가족이 될 뻔했어요."라고 말했다. 하지만 민들레는 "케이티가 너무 불쌍해서 못 참겠어요."라고 느낌을 말했다.

상담자 : 민들레는 앞으로 케이티가 아빠랑 둘이서만 사는 걸로 끝

냈네. 그게 더 좋겠다고 생각한 거니?

민들레 : 네. 으음, 좋겠다, 케이티는. 아빠랑 둘이 살아서.

채송화 : 나도 아빠랑만 살았는데.

상담자 : 그래, 채송화가 케이티랑 똑같네? 아빠랑 둘이 살다가 새 가족이 생긴 거잖아. 채송화가 한 번 얘기해 볼래? 아빠랑 둘이 살 때랑 새엄마도 같이 살 때를 비교해서.

채송화 : 음, 새엄마랑 살 때가 더 나아요.

상담자 : 민들레는 케이티가 아빠랑 둘이 사는 게 더 낫다고 책에 썼는데?

채송화 : 둘이 살면 아빠가 힘들 것 같아요. 그러면 아빠가 밥도 차려야 하고 회사도 가야 하고 늦게도 못 오시고. 내가 학원에서 돌아오기 전까지, 그 전에 와야 해요.

상담자 : 아빠가 그런 게 힘들 거라고 생각했구나.

민들레 : 난 그렇게 된 적이 없어서 잘 모르겠는데.

채송화는 민들레에게 아빠가 혼자 있을 때 힘든 점을 말해 주었고, 민들레는 지금 회사 일만 하는 아빠가 불쌍하긴 하지만 나중에 착한 새엄마가 생기면 괜찮다고 말했다.

이야기를 마칠 즈음 다시 물었다.

상담자 : 앞으로 케이티네 가족은 어떻게 될 것 같아?

채송화 : 행복하게 살았으면 좋겠어요.

민들레 : 모르죠. 아무렇게나······.

상담자 : 그럼, 우리 가족은 앞으로 어떻게 됐으면 좋겠어?

민들레 : 그냥 좋은 일.

채송화 : 저는요, 엄마(새엄마)하고 아빠하고 오래 오래 사는 일. 엄마가 아주 오래 살고싶대요.

이 상담 이후에 민들레는 가족의 여러 가지 형태에 대해 조금씩 받아들이기 시작했다. 채송화는 아빠를 이해하려는 노력과 부모의 보살핌을 받으며 새 가정에 구성원으로 빠르게 적응해 갔다.

나에 대해 이야기하기

그림책 『지구별에 온 손님』(보물창고, 2005)은 '높디높은 티벳고원, 어느 깊은 골짜기, 작디작은 마을에 한 남자 아이가 태어났어요. 그 아이는 연날리기를 무척 좋아했지요.' 로 시작한다. 이 아이는 다른 세상을 구경하기를 원했으나 그 골짜기를 떠나지 못하고 나무꾼으로 살다 늙어서 죽게 된다. 그는 어떤 목소리를 듣게 되는데, 그에 따라 우주의 일부가 아닌 또 다른 생명으로 다시 태어나기를 선택한다. 계속해서 그는 살고 싶은 은하계와 별과 행성을 선택하고, 원하는 생물과 종족과 대륙과 지역을 선택한다. 마지막으로 부모를 선택하고 성별을

『지구별에 온 손님』
모디캐이 저스타인 글·그림,
보물창고, 2005

선택한다. 그는 알 수 없는 힘에 이끌려 예전과 같은 것을 선택해 나가지만 마지막으로 성별만 바꾼다. 그래서 마침내 "그리하여, 높디높은 티벳고원, 어느 깊은 골짜기, 작디작은 마을에 한 여자 아이가 태어났어요. 그 아이는 연날리기를 무척 좋아했지요."로 끝나는 책이다.

나는 집단 상담에서 이 책을 다루고, '지구별에 온 나'라는 제목으로 글을 쓰도록 했다.

● 목련(여, 13세)의 '지구별에 온 나'

대한민국에 한 아이가 태어났습니다.

그 아이는 부모님께서 잘해 주셨습니다. 그 아이는 외동으로 태어났습니다.

아이는 1900년 ○월 ○일에 세상을 보게 되었습니다.

부모님께서는 그 아이가 건강하고 씩씩하게 크기를 바랐습니다.

그리고 그 아이는 커서 유치원을 다니기 시작했습니다.

그 아이는 한 유치원을 다니다가 다른 유치원을 가게 됩니다.

그 아이는 새로 간 유치원에 적응을 하기 시작했습니다.

그 아이는 크면서 여섯 살 땐가 일곱 살 때 웅변을 하고 있었습니다. 그 아이는 웅변대회를 나갔습니다.

막상 웅변대회가 끝나자 거의 꼴찌 수준이었습니다. 열심히 했지만 그 수준이었습니다.

그 아이의 사촌동생도 웅변대회에 나갔습니다. 그 아이는 정말 울고 싶었습니다. 그 아이는 꼴찌고, 사촌동생은 대상이고 정말 울고 싶었습니다.

그 아이가 초등학교에 들어가게 되었습니다.

그 아이는 학교에서 놀다가 목을 삐었습니다. 그래서 담임선생님께서는 부모님께 전화해서 집으로 갔습니다. 그것 때문에 정말 고생했습니다.

그 아이가 커 가면서 벌써 6학년이 되었습니다. 그 아이는 새로운 선생님을 보게 되었습니다. 반 아이들은 그 선생님을 싫어했습니다.

시간이 흘러 그 아이는 요리사가 되었습니다. 요리사라는 직업으로 명성을 떨친 그 아이는 어느새 하늘나라로 올라갔습니다. 그 아이는 모든 일을 다 잊어버리게 되었습니다.

갑자기 그 아이 앞에 누군가가 나타나 말을 했습니다.

'너는 어디서 태어나고 싶냐, 누구로 태어나고 싶냐, 누구한테 태어나고 싶냐.'고 물었습니다.

그러자 그 아이는 예전으로 돌아가고 싶다고 했습니다.

그래서 신께서는 모든 걸 다 들어 주었습니다.
그리고 몇 달 뒤 대한민국에 한 아이
가 태어났습니다.
그 아이의 이름은 김목련입니다.

목련은 자신의 글 옆에 달팽이 그림을 그렸다. 달팽이의 특징 중 하
나는 느리다는 점이다. 목련은 6학년인데 또래에 비해 행동이 굼뜨고
학습능력도 약간 뒤처지는 편이다. '적응'을 '저긍'이라고 쓰거나
'나갔습니다'를 '나갔음니다'로 쓰는 등 기본적인 맞춤법도 틀리기
일쑤다. 이런 아이가, 사람은 주어진 삶을 살아가는 것처럼 보이지만,
어쩌면 자신이 선택하는 삶을 살아가는 것이라는 책을 보고 만든 이야
기는 진지했다.

아이는 자신이 지금까지 살아오면서 가장 상처 받았던 두 가지 일을
떠올렸다. 가장 최초의 상처는 사촌 동생과 비교 당해서 받은 마음의
상처였다. 사촌 동생과 함께 나간 웅변 대회에서 자신은 꼴찌를 하고
동생은 대상을 받게 된 것이다. 이 둘의 비교는 지금까지도 지속되면
서 극복하기 어려운 상처로 남아 있었다. 두 번째 상처는 몸의 상처였
다. 둔한 동작으로 목을 삐어 고생했던 일이었다.

아이의 현재 생활도 엿볼 수 있는 대목이 있는데, 6학년 담임선생님
을 반 친구들이 싫어한다고 썼다. 앞뒤로 관련된 문장이 없는데, 이건
아이가 현재 담임선생님과 좋은 관계가 아니라는 점을 시사한다. 이런

경우 학교생활의 어려움이나 불만을 다뤄 볼 수 있다.

어린 시절의 상처를 딛고 현재까지 살아온 목련은 다행히 긍정적인 미래상을 만들어 냈다. 요리사라는 꿈을 이루고 하늘나라로 갔고, 책에서처럼 예전의 나로 다시 태어나기를 선택했다. 아프기도 하고 힘들기도 한 생활이지만, 다행히 현실을 부정하거나 거부하지는 않았다.

달팽이처럼 더디고 느리지만, 상처받고 치유하고, 다시 태어나고 죽기를 반복하며 목련은 더 건강하게 성장해 갈 것이다.

이야기 속에서 성장하기

초롱이(남, 9세)는 상담 이후에 여러모로 발전된 모습을 많이 보여 줬다. 산만하고 집중력이 떨어졌던 행동은 그리 좋아지지 않았지만, 부정적인 태도와 또래 관계는 많이 개선되었다. 2학년이 되면서 동생들의 다툼을 지켜 보다 믿음직한 중재자 역할을 하곤 했다. 상담을 진행하는 다른 아동의 '친구 초청 파티'에 초대되어 온 초롱이는 의젓한 태도와 친구를 배려하는 마음씨를 보여 줬다.

● 초롱이(남, 9세)의 '고슴도치의 모험'
엄마 고슴도치가 아기를 낳았어요.
엄마 고슴도치는 아기를 동물 병원에 데리고 갔어요. 의사가 아기는 건강하다고 해서 엄마 고슴도치는 참 기뻤어요.

아기 고슴도치가 무럭무럭 자라 열다섯 살이 되었어요.

어느 날 엄마 고슴도치가 독버섯을 먹고 병이 들었어요.

병을 고칠 수 있는 약은 동쪽에 있었고, 지금 있는 곳은 서쪽이었어요.

고슴도치의 모험이 시작됐어요. 고슴도치는 엄마에게 작별을 나누고 모험을 떠났어요.

우선 북쪽으로 갔어요. 길을 한참 가다 보니 신기한 게 많았어요. 그래서 고슴도치는 당황했어요.

고슴도치는 계속 걸었어요. 밤이 되고 잠 잘 곳을 찾던 고슴도치는 찜질방을 발견하고 들어갔어요. 고슴도치는 목욕을 하고 잠이 들었어요. 아침이 되면 다시 모험을 떠나야 하니까요.

다음 날 아침, 길을 떠난 고슴도치는 드디어 약이 있는 곳에 도착했습니다. 거기는 매우 추웠답니다. 그런데 엄마 생각이 나서 계속 길을 갔습니다.

약을 찾아 낸 고슴도치는 이상한 마을을 지나 다시 집으로 와서 엄마에게 약을 먹이고 엄마는 건강이 점점 좋아졌대요.

아기 고슴도치는 엄마의 마음으로 무럭무럭 자랐고, 엄마는 아기 고슴도치의 마음으로 병이 나았어요.

그래서 모든 가족들이 서로 아끼고 사랑하는 거 알죠?

상담이 종결된 뒤 일 년 만에 초롱이가 만든 이야기는 그간 자신을 오롯이 키운 기록이 담겨 있다.

주인공으로 선택한 고슴도치는 무엇을 상징하는 것일까? 고슴도치는 온몸에 가시가 돋친 동물이다. 고슴도치에게 가시는 자신의 생명을 지키기 위한 방어 수단이지만, 초롱이가 상징한 건 아마도 안에서부터 몸을 뚫고 나온 가시일 것 같다. 가시가 뚫고 나오는 동안 얼마나 아팠을까, 가시 돋친 몸은 또 얼마나 아플까.

상담 기간 내내 초롱이는 헤어져 사는 아빠를 과도하게 완벽한 상으로 만들고 그리워했다. 하지만 생계를 위해 집에서 부업을 하느라 힘든 엄마에게는 어떠한 기대도 하지 않았고, 가정 안에서 엄마가 차지하는 위치도 낮았다.

"나는 세 살 때 엄마랑 아빠가 이혼했어. 함께 살면 좋을 텐데. 난 아빠 보고 싶은데, 보고 싶을 때 볼 수 없잖아."

그리움은 여전하지만 이제 담담하게 자신의 상황을 친구들에게 말하는 점이 크게 달라졌다.

이야기는 엄마가 아기를 낳는 순간부터 시작한다. 여기에 아빠는 등장하지 않는다. 이전에는 상담하면서 가족을 그릴 때면 항상 아빠를 등장시키곤 했다. 현재의 상황을 수용한 것으로 보이는 장면이다.

또 엄마가 건강한 아기를 낳고 기뻐했다는 이야기를 하며 자기 존재감을 확인하고 있다.

엄마 고슴도치가 독버섯을 먹고 병이 들었다는 내용은 엄마의 현재 상태를 보여준다. 독버섯의 독은 조금씩 온 몸으로 퍼져 사람을 시름 시름 앓게 만든다.

초롱이는 아직 어리기 때문에 지치고 힘든 엄마를 도와 줄 수 없다. 아이는 엄마를 도와 줄 수 있는 나이로 열다섯 살을 꼽는다. 그러나 그 때가 되어도 쉬운 일이 아님을 알고 있다. 엄마를 돕는 일은 홀로 떠나는 모험을 통해서만 가능하다.

아이는 동서남북을 차례차례 모험하며 약을 구해 온다. 도중에 잠도 자고 목욕으로 몸을 씻고 휴식을 취하기도 하면서. 아이가 구해 온 약을 먹은 엄마는 건강을 되찾는다. 아이도 엄마의 마음으로 잘 자라고 모든 가족은 아끼고 사랑하게 된다.

대개 모험 이야기의 결말은 집으로 무사히 돌아오는 것으로 끝난다. 아동은 부모에게서 독립하려는 욕구를 모험을 통해 실현시킨다. 모험 후에 돌아온 집은 그대로지만 모험에서 돌아온 아이는 예전의 아이가 아니다. 한층 성숙하고 독립된 개체가 된 것이다. 그리고 가정 내에서 아이의 역할은 보살핌을 받기만 하던 존재에서 좀더 능동적인 역할을 하는 존재로 변하게 된다.

지금 초롱이의 엄마는 예전보다 안정된 일을 구했고 표정도 많이 밝아졌다. 초롱이의 가족에 대한 바람과 기대는 초롱이가 엄마를 위해 모험할 각오를 다지며 가장 먼저 실천했다. '모든 가족이 아끼고 사랑하는 거' 말이다.

나와 함께 살아가는 '나의 이야기'

자아의 좁은 울타리를 넘어 내가 지니고 있으면서 아직 모르고 있는 내 정신의 근원인 '무의식'을 깨달음으로써 '자기실현'에 이르는 길은, 개인의 과제일 뿐 아니라 온 인류의 숙제일 것이다. 그렇다면 '자기실현'의 끝은 완전한 인간일까? '무의식'은 끝없는 세계로 아무리 의식화해도 미지의 세계는 남아있기 마련이다. 따라서 칼 구스타프 융은 '자기실현이란 반드시 완전해지는 것이 아니라 비교적 온전해지는 것'이라고 말했다.

미지의 세계를 경험하게 돕는 역할을 하는 것으로 옛이야기가 있다. 『옛이야기의 매력』(시공주니어, 1998)이라는 책으로 잘 알려진 브루노 베텔하임(1903~1990)은 정서장애아동과 자폐아동을 치료해 온 심리학자다. 그는 옛이야기의 중요성을 깨닫고, 지난 수백 년 동안 전 세계 아이들이 좋아한 옛이야기들을 정리해 아이의 심리를 심층적으로 분석했다.

그는 "옛이야기는 실제적이고 단순한 서두에서 출발하여 환상적인 세계 속으로 진입해 들어간다. 그러나 그 우회의 폭이 아무리 크다 하더라도 -어린이의 소박한 공상이나 꿈과는 다르게- 이야기의 전개 과정에서 절대로 길을 잃지 않는다. 옛이야기는 어린이를 경이로운 세계로 여행하게 한 뒤 마지막에는 가장 안도감을 주는 방법으로 어린이를 현실 세계에 데려다 놓는다. 잠시 환상세계에 몰입하는 것은 영원히 거기 사로잡혀 있지 않는 한 결코 해롭지 않다. 이야기의 끝에 가면 주인공은 마력이 없어졌지만 행복한 현실로 돌아온다."고 했다.

지금 우리 아이들은 다른 이의 이야기 속에서 만족하지 않고 더 나아가, 스스로 자신의 이야기를 만들어 내며 삶의 지향점을 찾아가고 있다.

아이들의 '이야기 삶'을 들여다보면 내가 미처 해석하지 못하거나 도와 주지 못한 부분도 있다. 그럼에도 불구하고 스스로 만들어 가는 그들만의 여정은 훌륭하기 그지없다.

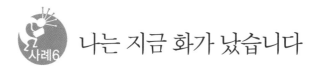

나는 지금 화가 났습니다

때때로 볼 수 있는 텔레비전 공익광고 캠페인에서는 청소년 자녀와 부모에게 가정으로 돌아가 '대화'하라고 한다. 하지만 가정에서의 '대화'가 실패로 돌아가는 경우도 많다. 아마도 왜 해야 하는지에 대해서는 모두 공감하지만 어떻게 해야 하는지를 다들 모르기 때문일 것이다.

'어떻게'의 가장 중요한 방법은 상대방의 '감정을 읽어 주는 것'이다. 아이와 대화하기 위해서는 먼저 아이의 감정을 알아 내 읽어줄 것, 이것이 전문가들이 조언하는 대화 기법의 핵심이다. 너무나도 당연한 것으로 여겨지지만 이를 생활화하기는 쉽지 않다.

쉽고도 어려운 감정 읽기

아이가 넘어져 울면서 엄마에게 왔다. "누가 그랬어?", "왜 그랬니?"라며 원인부터 따지진 않았는가. 아니면 "그러게 조심하라고 했지?", "너 때문에 못 살겠다.", "울지 마, 그 정도는 참을 줄 알아야지."라고 다그치고 야단치지 않았는가.

넘어져 우는 아이에게 가장 필요한 것은 '위로'다. 넘어진 것 때문에 아픈 마음, 속상한 마음을 가장 사랑하는 사람에게 위로받고 싶은 것이다. "많이 아팠겠구나, 엄마(아빠)도 네가 아파서 속상하구나."라고 말을 건네면 아이의 울음은 금방 그칠 것이다.

상황과 지식과 경험을 이야기하지 말고, 감정과 느낌을 읽어 주고 이야기하는 것. 역시 다 알고 있는 이야기지만 실천하기는 어렵다. 왜 그렇게 어려울까? 내 생각엔 우리가 그 동안 '이성'을 중요시하고 '감정'과 '감성'을 무시하는 사회 속에서 살아왔기 때문이 아닐까 한다. 왠지 감정적인 건 약하고 비논리적이고 사회성이 떨어지는 것처럼 느껴진다.

그러나 감성이 발달한 여성의 사회 참여가 높아지면서 조금씩 변화하고 있다. 감성마케팅이나 중성적인 트랜드가 뜨고 있는 현상이 그것이다. 하지만 지식 사회에서는 아직도 '감성'은 '이성'의 한 수 아래로 취급되는 것처럼 보인다.

또 하나, 내 주장이 상대의 입장보다 앞서고 큰소리가 우선시되기 때문이 아닐까 한다. 잘못 산 물건도 목소리를 높여야 바꿔 주고, 운전

중에 시비가 붙어도 먼저 미안하다는 말을 했다가는 모든 잘못을 뒤집어쓰기 쉽다는 걸 경험했으니까. 이러한 세상 경험이 우리의 대화에 걸림돌이 되고 있다.

먼저 상대의 감정을 헤아리고 이해하는 데 익숙해지지 않는 한 우리는 '진정한 대화'에 이르지 못할 것이다. 상대의 감정을 헤아리기 위해서는 솟구쳐 오르는 나의 감정을 다스리고 추스르고 적절히 다루는 방법을 우선 터득해야 한다. 내 속의 감정들과 대화하지 못한다면 여과 없이 터져 나온 나의 감정들이 어떤 화살이 되어 상대와 나를 향해 날아다닐지 모르기 때문이다.

감정을 삶의 좋은 조건에 의해 자극되는 감정과 나쁜 조건에 의해 자극되는 감정으로 나누어 본다면 화, 슬픔, 분노, 미움, 절망, 시기 등은 나쁜 조건에 의해 자극되는 감정이라고 할 수 있다. 반면에 사랑, 기쁨, 만족감, 안정, 평정, 연민 등은 좋은 조건에 의해 자극된다. 무엇보다 부정적인 감정을 다스리는 것은 내 마음의 평화와 행복을 위하는 길이기도 하다. 다음은 '화'와 '분노'를 중심으로 아이들과 나눈 감정 훈련과 관련된 사례들이다.

화가 나면 화내도 괜찮아

일상생활 속에서 사람은 누구나 화가 나는 일을 경험한다. 화를 낼 만한 일에 화를 내는 건 지극히 당연한 일인데도 화를 잘 참는 것, 더

『엄마를 화나게 하는 10가지 방법』
실비 드 마튀이시윅스 글,
세바스티앙 디올로장 그림,
어린이작가정신, 2004

나아가 화난 감정을 전혀 드러내지 않는 걸 미덕으로 여기기까지 한다.

특히 어린이는 어른 앞에서, 아랫사람은 윗사람에게 화를 내서는 안 된다는 훈육도 받아 왔다. 어쩌면 이런 관습과 교육 풍토가 한국인이 가장 많다는 울화병을 키운 것일 수도 있다.

엄마들은 자신의 아이들이 아무 때나 터무니없이 '화'를 잘 낸다고 하소연한다. 그러나 그 엄마들의 자녀인 아이들은 엄마가 별일 아닌 걸로 나한테만 '화'를 잘 내서 불만이라고 털어놓는다. 누구 말이 맞을까?

"나는요, 엄마를 화나게 하는 100가지 방법도 알아요."

"엄마가 나를 화나게 하는 방법이란 책은 없어요?"

"에이, 이런 방법 알면 뭐해요? 써 먹었다간 끝장이에요."

그림책 『엄마를 화나게 하는 10가지 방법』(어린이작가정신, 2004)의 책 표지를 본 아이들의 반응이다. 아이들에게 이 책을 보고 이야기를 나누면서 스스로 해결책을 찾아보도록 했다.

• 내가 어른을 화나게 하는 방법은?

─욕하기, 공부할 때 심부름 시키면 싫다고 말하기, 못 들은척 하기, 어른들 말할 때 끼어들기, 어지르기, 동생과 싸우기, 시키는 대로 안 하기, 반말하기, 학원 땡땡이치기…….

● 내가 어른을 화나지 않게 하는 방법은?
─청소하기, 말 잘 듣기, 뭐 사 달라고 안 하기, 하라는 대로 하기, 공부 잘하기, 밤에 텔레비전 조금 보기, 순순히 복종하기, 상장 타기, 어른의 장점 말하기…….

● 어른이 나를 화나지 않게 하는 방법은?
─용돈 주기, 해 달라는 대로 해 주기, 때리지 않기, 약 올리지 않기, 꾸중 안 하기, 잔소리 안 하기, 컴퓨터 게임할 때 뭐 안 시키기, 의심 안 하기, 밥 억지로 먹으라고 안 하기, 술 안 마시기, 비교 안 하기, 같이 놀아 주기, 칭찬하기…….

● 나 때문에 화난 어른의 화를 풀게 하는 방법은?
─어른이 없을 때 청소하기, 하라는 대로 하기, 공부하기, 편지 쓰기, 용서 빌기, 애교 부리기, 어른들을 웃기게 해 드리기, 혼자 놔 두기, 나가 있기, 양말 벗겨 드리기, 커피 타 드리기, 어깨 주물러 드리기…….

• 어른 때문에 화난 내가 화를 푸는 방법은?

－참는다, 그냥 있는다, 잊어버리기, 마음속으로 욕하기, 나가서 친구랑 놀기, 텔레비전 보기, 컴퓨터 게임하기, 잠자기, 울기, 소리 지르기, 운동하기, 짜증 내기, 수다 떨기, 속으로 투덜대기, 사과받기…….

아이들은 친구들이 어른을 화나게 하는 방법을 발표할 때 고개를 끄덕이며 동조하는 반응을 보였다. 또 아이들이 말한 화 푸는 방법에 대해서 서로 다양한 의견을 나누었다.

'무조건 참기'나 '하라는 대로 하기'와 같은 방법은 상대의 화를 풀게는 하지만, 자신의 화가 풀리지 않는 방법이다. '장점 말하기', '칭찬하기'는 내가 어른을 화나지 않게 하는 방법과 어른이 나를 화나지 않게 하는 방법으로 모두 거론되었다. 어른의 화를 풀게 하는 방법은 상대가 좋아하는 일을 해 주는 적극적인 방법인데 반해, 내가 화를 푸는 방법은 감정을 절제하는 방식의 소극적인 방법이 많아 아쉬웠다.

엄마와 자녀의 관계에서 누가 더 화를 잘 내느냐를 따지기 보다는 이처럼 아이들도 화가 나고, 스트레스가 만만찮다는 걸 이해해 주었으면 한다. 모든 부모는 자녀에게 생명과 사랑을 주었지만, 상처 또한 주는 존재임을 인정해야 한다.

그래서 이 그림책의 맨 마지막에 나오는 '덧붙이는 글… 그런데 말이야, 엄마를 기쁘게 해 주고 싶다면, 여기에 있는 걸 정반대로 해 봐!' 라는 뻔한 말은 굳이 없어도 좋았다는 생각이 든다. 책을 보는 동안만이라도 스트레스를 확 풀어버리게 말이다.

내 마음을 잘 알아 주는 책

그림책『쏘피가 화나면- 정말, 정말 화나면…』(케이유니버스, 2000)은 아이의 감정, 특히 부정적인 감정을 주제로 잘 다룬 보기 드문 책이다. 노랑과 빨강, 청색 등의 원색을 사용한 삽화, 그림 속 인물과 사물의 굵은 윤곽선은 강렬하게 눈길을 사로잡는다.

이 책을 아이들에게 보여 주면 대체로 겉표지에서부터 침을 꼴딱 삼키며 관심을 보인다.

언니에게 인형을 빼앗겨 넘어지고 엄마까지 언니 편을 들자 분노한 쏘피의 마음을 대변하듯 책 바탕은 불타오르는 빨간색이고, 새파란 두 눈은 또렷하게 커지고, 양갈래로 땋은 갈색 머리는 위로 솟구쳐 올라갔다. 쏘피가 기분이 좋을 때는 노란 선으로 테두리가 그려져 있지만, 화가 났을 때는 빨간 선으로 변한다. 그러다 화가 풀어질 때는 주황색 선으로 변하고, 완전히 좋은 기분으로 회복되면 다시 노란 선으로

「쏘피가 화나면- 정말, 정말 화나면…」
몰리 뱅 글·그림,
케이유니버스, 2000

돌아온다. 화가 난 쏘피의 엄청 커진 붉은 그림자, 불길처럼 쏟아지는 쏘피의 소리, 폭발할 것 같은 화산 그림이 자신들의 마음을 대변해 주고 있다는 듯 아이들은 열렬한 반응을 보인다.

그렇게 화난 쏘피는 문을 '쾅!' 닫고 밖으로 나간다. 이 장면은, 화가 났을 때는 우선 화가 난 장소와 사람들에게서 벗어나야 한다는 것을 보여 준다. 만약 처음의 쏘피처럼 집에서 발을 구르고, 소리를 지르고, 감정을 폭발시킨다면 그 결과는 어떻게 될까? 아이들은 "계속 싸우게 되죠", "더 혼나요.", "엄마가 아빠한테 일러서 나중에 더 혼나요."라고 자신들의 경험을 이야기했다.

집을 나온 쏘피는 더 이상 달릴 수 없을 때까지 달리고, 한참을 운다. 아이들도 화가 나면 참지 말고 풀어야 한다. 다만 그 방법이 다른 사람에게 또 다른 피해를 주지 않는 안전한 장소에서 안전한 방법이어야 한다.

그 후 쏘피는 바위와 나무와 고사리를 바라보고, 지저귀는 새 소리에 귀를 기울인다. 감정을 폭발하고 난 후엔 나만의 문제에서 벗어나 주위를 둘러보고, 나무 위에 올라가 차츰 더 멀리 더 넓게 바라보는 게 중요하다. 넓은 세상은 쏘피를 위로해 주고 기분이 좋아지게 만든다. 이제 쏘피는 모든 것이 예전처럼 평화로운 가족과 집으로 돌아온다. 소피는 더 이상 화가 나지 않는다. 적어도 이번 일로 쌓이거나 맺힌 감정은 없으니, 다음에 화난 일이 생겨도 그 감정만 다스리면 될 것이다.

화를 다스리는 방법

책을 보고 나서 아이들이 화난 감정을 다스리는 방법으로 찾은 것은, '자기 방으로 들어가기'였다. 쏘피처럼 바로 집 밖으로 나가면 엄마가 아예 들어오지 말라고 소리치기 때문이란다. 그 다음 책상 밑이나 침대 속으로 들어가 조용히 있거나, 좋아하는 인형이나 블록을 갖고 놀거나, 밖에 나가 친구랑 노는 것도 좋겠다고 했다. 남자 아이들의 경우 운동장에서 축구를 하는 것도 기분전환에 도움이 된다고 했다. 그 밖에 친구랑 수다 떨기, 일기쓰기 같은 방법도 나왔다.

이어서 우리는 내가 화난 이유를 정확히 알고 내 감정을 상대방이 이해할 수 있도록 전달하는 방법에 대해 연습했다.

우선 이 책에서 쏘피가 화난 이유에 대해 아이들과 함께 생각해 보기로 했다. 화난 이유에 대해 무척 다양한 의견들을 내놓았는데 자신들의 상황과 가장 비슷한 것을 찾아 답변한 것이다. 엄마가 만날 언니 편을 들어서, 언니가 자기 마음대로 해서, 아끼는 인형을 잡아당겨서, 한참 재미있는데 순서를 넘겨줘야 해서, 넘어진 게 아파서, 약 올라서 등이었다. 한 장면의 그림을 보고 아이들은 이렇게 제각각이다. 때로 어떤 때는 진짜 이유를 모른 채 화를 내기도 한다. 내가 화난 진짜 이유, 핵심 감정을 알아야 상대에게 제대로 전달할 수 있다. 다음은 참여한 아이들이 프로그램을 마치며 나눈 소감이다.

● **경수**(남, 12세) : 나는 친구가 시비 걸거나 싸울 때가 가장 기분이 나

빠요. 왜냐하면 애들이 시비를 걸면 막 짜증이 나고 화만 나기 때문이에요. 그래서 친구랑 싸우게 되면 죽고 싶은 마음이 굴뚝같아요. 『쏘피가 화나면-정말, 정말 화나면…』을 읽으니까 걔는 나보다 더 화를 잘 내요. 어쩌면 나도 더 화를 내면 그림처럼 빨간 색으로 불타오를 것 같아요. 그렇게 되기 전에 화를 잘 다루어야겠어요.

● **상우**(남, 12세) : 나는 화가 나면 애들을 무조건 패요. 왜냐하면 화나면 열 받으니까 그렇죠. 나는 싸움을 잘해서 맞장 뜨면 무조건 이기거든요. 그건 애들도 다 알아요. 근데 막 욕하고 싸우고 나면 마음이 허전해요. 왜냐고요? 그냥…… 화풀이를 딴 사람한테 한 거니까 그렇겠죠.

● **혜정**(여, 12세) : 나는 어른들이 싸울 때가 가장 싫어요. 나는 어른들이 싸우는 걸 많이 봤어요. 한 백 번 정도? 언젠가는 밥을 먹을 때 엄마랑 아빠가 싸우면서 선풍기까지 고장냈어요. 이유는 코드가 꽂힌 채로 던져서요. 또 무슨 사진 때문에 싸우기도 했어요. 도대체 어른들은 왜 싸우는지 모르겠어요. 진짜로 나는 나중에 안 싸울 거에요. 싸우면 남에게 피해를 주니까. 나는 남에게 상처를 주고 싶지 않거든요.

'증오' 뒤에 오는 것들

상대방이 나에게 분명한 잘못을 저
지른 경우에 아이들은 '화'를 넘어서
'분노'를 느낀다. 뒤이은 '응징'과 '복
수'는 당연한 것이다. 동생이 내 물건
을 가져갔으면 나도 빼앗아 와야 하고,
친구가 나를 때리면 똑같이 때려 줘야
한다. 이것이 아이들이 생각하는 복수
다. 과연 그렇게 복수하고 나면 마음이

『아툭』
미사 다미안 글, 요헵 빌콘 그림,
보물창고, 2004

편안해지고 모든 것이 그 일이 있기 전으로 돌아갈 수 있을까?

『아툭』(보물창고, 2004)은 사랑과 증오, 복수와 용서 등 깊이 있는 주
제를 한 소년의 성장에 대비시켜 성찰하게 하는 그림책이다.

이 책을 아이들과 보고, 이야기를 나누고, 주인공 아툭이 선택할 수
있는 여러 가지 복수의 방법과 그 결과를 역할극으로 풀어보는 활동을
했다. 이어서 회기를 정리하며 아툭에게 편지를 썼다.

● 상우(남, 12세)

아툭아, 너는 좋아하던 너의 개 타룩을 잃어서 슬프겠다. 그치
만 타룩이 죽지 않았다면 니네 아빠 개가 대신 죽어서 아빠가
슬프실 거야.

타룩이 대신 죽었지만 타룩은 하늘나라에 가서도 너를 영원히

기억할거야. 그리고 너의 마음속에는 언제나 타룩이 남아있을 테니까 너무 슬퍼하지 마.

그리고 아툭아, 나도 너와 같은 경험이 있어. 내가 처음에 새끼 강아지를 사서 키웠어. 그런데 어느 날 강아지가 나갔어. 그래서 내가 강아지를 찾아다니는데 어떤 아이가 그 강아지를 발로 차고 있었어. 내가 화가 나서 그 아이를 똑같이 발로 찼어. 그랬더니 그 아이가 울면서 가는데 나는 마음이 좋을 줄 알았는데, 오히려 마음이 안 좋더라. 강아지를 찾았으니까 그냥 말로 혼내줄 걸 그랬다는 생각이 들어.

● 현경(여, 12세)

아툭아, 나는 너의 슬픔을 알아. 나도 너처럼 친구가 죽었거든, 동물 친구야. 병아리처럼 귀여운 개야. 시골에 가면 그 개가 있었지. 그 개는 영리했어. 매일 못 봐도 가족은 기억했거든.

그리고 니 친구 타룩은 이름이 있지만 그 개는 이름이 없어.

그 개는 어떤 사람이 술 먹고 약을 올리자 화가 나서 그 사람을 물어버렸어. 그 개는 억울하게 맞았어. 그 개도 지금 하늘 나라에 있단다. 이름도 안 지은 채……

나는 지금이라도 그 개의 이름을 짓고 싶어. '하늘이'. 이유는 지금 하늘나라에 있고, 또 가끔 하늘을 바라봤어. 매일 묶어놓고 들판이 있어도 풀어주지도 않았어.

처음엔 때린 아저씨가 미웠지만, 지금은 내가 잘못한 게 더 생각 나. 하늘아, 미안해.

● 승태(남, 13세)

아툭아, 개들은 원래 싸우고 죽고 그래야 동물이지. 복수를 해도 달라지지 않아.

타룩의 죽음을 받아들이고, 차라리 다음에 타룩같은 개가 태어나면 니가 잘 키워. 그럼 슬픔도 잊혀질 거야.

● 민재(남, 13세)

아툭아, 언제까지 과거의 일에 사로잡혀 있을 거니? 미래를 생각하고 행동해야지.

그렇게 복수만 쫓으면 아무도 니 곁에 없다는 걸 깨달아야지. 친구가 없다면, 친구가 멀리 있는 여우와 친구하렴. 내 생각엔 친하게 지낼 수 있을 것 같아. 다음에 봐.

● 아영(여, 12세)

아툭아, 넌 참 좋겠다. 다섯 살이 된 기념으로 썰매와 귀여운 개 타룩을 받아서. 그런데 타룩이 늑대에게 죽임을 당한 것이 너무 슬프지? 나도 갑자기 친한 친구가 어디로 떠나면 슬플 것 같아.

그래도 이런 경험이 있어 강해질 수 있던 게 아니겠어? 만약 이런 경험이 없었다면 넌 평생 겁쟁이로 살지 않았을까? 늑대를 사냥하러 다니다가 여우를 만났기 때문에 깨달을 수 있었고, 친구가 생길 수 있었지? 만약 네가 여우를 죽였다면 넌 평생 외톨이였을지도 모를걸?

나도 이제 너의 친구가 되어줄게.

● 승환(남, 12세)

너는 늑대를 죽였는데도 아직도 슬프니?

나는 너의 마음을 알아.

너는 아빠가 아직 키가 작으니 늑대를 죽이려면 기다리라고 했잖아. 나도 너처럼 키가 작아. 5학년에 129cm밖에 안 돼.

그리고 너는 행복하니? 나는 행복해. 나 지금 친구들도 많아서 행복해. 친구들이 나를 잘 대해 줘. 너도 친구를 사귀어서 행복하게 잘 살아.

● 석규(남, 13세)

어떤 애가 나한테 눈이 크다고 놀렸다. 주먹이 날아갈 뻔 했다. 그래도 참고, 또 참았다. 그 애는 전학 온 날부터 나한테 대들었다. 종훈이가 말렸다. 그러다 친한 친구가 되었다. 참길 잘한 것 같다.

● 유나(여, 12세)

수영이 때문에 기분 나쁜 일이 있었다. 다른 애들한테 들었는데 수영이가 뒤에서 내 흉박씨를 깠다고 했다. 거기다 윤이까지 끼어서 내 뒷욕을 하고 마음에 안 들게 행동했다.

너무 힘들고 더 이상 나 혼자 참기가 어려웠다. 그래서 방과후 담임선생님께 상담을 부탁하였다. 그리고 싸이월드에 가서 속마음을 털어놓기도 하였다. 지금도 이렇게 쓰니까 쫌 풀렸다.

하지만 왠지 기분이 편하지 않다. 만날 싸우기만 하고……. 이젠 더 이상 싸우고 싶지 않다. 수영이는 내 단짝이었기 때문이다. 그리고 영원히 단짝으로 남고 싶다. 지금도 수영이가 가장 좋다.

싸움을 잘하는 상우는 자신의 강아지를 발로 찬 아이에게 똑같이 복수해 주었으나, 그 애가 울면서 가는 걸 보고 마음이 좋지만은 않았던 경험을 쓰고 있다. '눈에는 눈, 이에는 이, 주먹에는 주먹'은 겉으로는 공평한 것 같지만 실상은 또 다시 피해자를 만들게 되는 악순환의 고리가 된다. 또 상우는 타룩이 죽지 않았다면 대신 아버지의 개가 죽었을 거고 그럼 아버지가 슬펐을 거라며 아툭을 위로하고 있다. 꼭 누가 나쁘거나 잘못해서가 아니라 어쩔 수 없는 일이라면 받아들이고, 나대신 다른 사람에게라도 일어날 수 있는 일이었다는 것까지 아량을 넓히고 있다.

현경이는 억울하게 죽은 개를 생각하며, 자신이 더 잘해 주지 못한 미안함이 앞서고 있다. 어떤 사람들은 자신의 잘못을 덮기 위해 누군가를 그 문제의 희생양으로 몰기도 하는데 말이다.

개구쟁이 승태와 민재는 타룩의 죽음을 순리대로 받아들이라고 충고하며, 새로 태어날 개를 잘 키우는 게 슬픔을 잊는 방법이고 곁에서 친구를 찾으라고 미래지향형 대안을 제시하고 있다.

평소에도 현명한 아영이는 슬픈 기억도 복수의 과정도 다 자신을 성장시키는 경험이었다고 해석하고 있다. 그런 경험이 없었다면 평생을 겁쟁이로 외톨이로 살았을지 모른다고 말이다. 정말 그랬을지도 모른다.

주먹이 앞서는 석규는 용케 참고 또 참은 덕분에 친구를 얻은 경험을 털어놓았다.

유나도 자신의 뒷말을 하고 다니는 친구에 대한 미움과 괴로움을 토로하고 있다. 그런데 그 미움은 사실 좋아했기 때문에 더 큰 것이었다. 사랑과 증오는 동전의 양면처럼 따라오는 것임을 체험한 것이다. 지금은 언제 그랬냐는 듯 어깨동무하고 다니니 미움보다는 사랑이 더 행복하다는 걸 깨달았기 때문일 것이다.

마음의 평화와 행복을 찾아서

삶의 부정적인 조건에 의해 자극되는 감정들은 사실 다스리기가 쉽지 않다. 하지만 쌓아두면 병이 되거나 폭발해 아주 나쁜 결과를 초래

할 수 있다. 그렇다고 그 때 그 때 기분대로 풀어버리면, 다른 사람을
다치게 해서 또 다른 불씨를 낳기도 한다.

참여불교를 주창하고 반전평화와 실천적 사회운동을 펼치고 있는
틱낫한 스님은 『화 anger : 화가 풀리면 인생도 풀린다』(명진출판, 2002)
에서 화가 났을 때 가장 먼저 할 일은 자신을 돌보는 일임을 강조한다.

"만약 당신의 집에 불이 났다고 쳐 보자. 그러면 당신은 무엇보다
먼저 그 불을 끄려고 해야 한다. 방화범의 혐의가 있는 자를 잡으러
가서는 안 된다. 만약 집에 불을 지른 걸로 의심 가는 자를 잡으러
간다면 그 사이에 집이 다 타버릴 것이다. 그것은 어리석은 짓이다.
당연히 먼저 불부터 끄고 봐야 한다. 화가 치밀었을 때도 마찬가지
다. 당신을 화나게 한 상대방에게 앙갚음을 하려고 계속 그와 입씨
름을 한다면, 그것은 마치 불이 붙은 집을 내버려 두고 방화범을 잡
으러 가는 것과 마찬가지 행동이다."

또한 화를 다스리는 일은 그 누구보다도 자신에게 평화와 행복을 주
는 길이라고 말하고 있다.

"우리의 마음을 밭에 비유한다. 밭에는 아주 많은 씨앗이 있다. 기
쁨, 슬픔, 즐거움 같은 긍정적인 씨앗이 있는가 하면 짜증, 우울, 절
망 같은 부정적인 씨앗도 있다. 우리는 자신이 가진 부정적인 씨앗

이 아닌 긍정적인 씨앗에 물을 주려고 노력해야 한다. 그것이 바로
자신의 마음을 다스리는 평화의 길이며, 행복을 만드는 법칙이다."

순간의 화를 참지 못해, 또는 오랜 시간 억눌렀던 분노가 폭발해 벌
어진 비극적인 사건들을 매스컴을 통해 종종 보게 된다. 아이들이 사
소한 일에 습관적으로 폭력적인 방법을 사용해 화를 표현하는 걸 보면
더욱 안타깝다.

"야, 이 새끼야, 왜 치고 그냥 지나가?"

욕을 하며 경수를 한 대 치려는 상우에게,

"네가 방금 내 어깨를 치고 그냥 가서 나 화났어."

라고 감정을 전달하도록 표현 방법을 수정시켰다.

"아, 미안해. 내가 급해서 그만……."

"이제 됐어."

평소와 달리 빠르고 원만하게 교실에 평화가 찾아왔다.

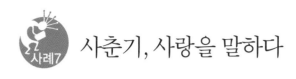

사춘기, 사랑을 말하다

아이들 곁에서 아이들의 생활과 생각에 관심을 갖고 지켜 보는 나도 요즘 아이들의 변화무쌍한 '사랑'의 모습에 놀랄 때가 많다.

일 주일에 한 번씩 집단 프로그램으로 만나는 청소년문화센터의 고학년 초등 학생들은 사춘기 입문 시기로 때가 때인 만큼 복잡하고 다양한 모습을 보여 준다.

우리가 처음 사랑을 느낄 때

준석이가 한 쪽 귀를 뚫고 귀걸이를 한 걸 본 날은 애들 말로 '허걱' 하지 않을 수 없었다.

"귀 뚫은 거야? 누구랑 가서?"

"수영이랑 같이 시내 가서 뚫은 거예요. 전부터 하고 싶었는데 수영이가 같이 뚫자고 해서요."

"집에서는 반응이 어땠어?"

"어휴, 엄마가 막 소리 지르고 뭐라고 했죠."

엄마의 야단이 대수랴. 여자 친구와 뜻을 같이 하는 게 더 중요하지. 귀를 뚫어 커플 귀걸이를 나눠 가진 이 용감한 남자의 여자 친구 수영이의 마음일기를 살짝 엿보자.

저는 하루에 한 번씩 그 애를 보지만 그 애가 보고 싶습니다.

어느 날부턴가 사귀게 되었는데 며칠 안 됐지만 주말에 만나지 못해서 너무 보고 싶었습니다.

오늘은 오랜만에 그 애를 만났는데 늦게 와서 좀 서운했습니다. 눈물이 나려고 했는데 저는 참았습니다.

고백은 그 애가 먼저 했지만 그 때 전 정말 당황했습니다. 하지만 한편으로는 기분이 너무 좋았습니다. 저도 그 애를 좋아하고 있었기 때문입니다.

그렇기 때문에 오늘 있었던 일은 잊어버리고 오늘부터 그 애를 믿을 것입니다.

그 애 이름은 옆 반 준석입니다. 다음부턴 그러지 않았으면…….

하지만 이런 애틋한 사랑도 얼마 안 가 깨어지는 일이 다반사다. 어느 날부터인가 청소년문화센터에 준석이가 나오지 않고, 수영이는 시무룩한 표정이다. 담당선생님의 귀뜸으론 이들이 싸우고 헤어졌단다. 준석이가 수영이에게 아주 심한 욕설을 퍼붓고 가서 나오지 않는다는 것이다.

부모가 일 년여의 불화 끝에 이혼하게 된 보라와 만났을 때였다.

"손톱에 봉숭아 꽃물이 남아 있네. 첫 눈 올 때까지 남아 있으면 소원이 이뤄진다잖아."

"글쎄, 그럼 얼마나 좋겠어요. 안 이뤄졌으니까 이렇게 힘들죠. 이제 졸업하면 학교에서도 못 볼텐데……."

보라의 이뤄지지 않은 소원은 며칠 전 헤어진 부모문제가 아니라 짝사랑으로 끝난 남자 친구 문제였다. 성급히 판단했으면 엉뚱한 방향으로 이야기가 진전될 뻔 했다. 보라는 이루지 못한 짝사랑이 부모의 이혼보다도 더 받아들이기 힘든 문제였던 것이다. 그 동안 보라가 마음을 표현할 때마다 그 애는 큰소리로 면박을 주었다.

"나, 여자 친구 있거든!"

"너한테 손톱만큼도 관심 없거든!"

그런데 이런 아픈 사연을 전하는 보라의 태도는 의외로 담담하다. 게다가 학년 말에 반 학생이 한마디씩 써 주는 돌림편지에 남긴 그 애의 성의 없는 글에도 별 반응이 없었다. 마구 휘갈겨 쓴 글씨로 '별로 할 말 없음'이라고 써 놓았는데, 보라는 이게 그 애 글씨라며 나에게 보여 주기까지 했다.

아직 육체적으로나 정신적으로 미성숙한 아이들에게 성숙한 사랑의 모습을 기대하기는 어렵다. 우정을 쌓아야 할 시기에 매스컴이나 성인 문화의 모방으로 이성교제를 흉내내는 측면도 있다. 방식이나 방법상의 문제가 있긴 하지만, 누군가를 좋아하고 특별한 관계를 맺고 싶은 마음은 인정해 줘야 한다. 사춘기엔 지극히 자연스러운 일이니까.

상대에게 욕설을 하면서 헤어지고 상대가 자신을 싫어하는 것을 인식하지 못하거나 알면서도 회피하는 것은, 비단 아이들이 어려서라거나 경험이 부족해서라고 지나쳐도 괜찮을까. 사랑하고 사랑받는 방법도 키가 크고 나이를 먹으면 저절로 터득할 수 있을까.

사랑의 방식 역시 주위 사람들과 환경에서 보고 배우는 게 큰 비중을 차지한다. 우리가 최초로 사랑을 알게 되는 것은 언제일까? 그 시점으로 거슬러 올라가보자.

사랑받은 경험이 사랑을 부른다

한 개인이 자신과 가장 가까운 사람에 대해서 느끼는 강한 감정적 유대관계를 발달심리학에서는 애착(attachment)이라고 말한다.

우리의 사랑은 태어나면서부터 시작된다. 애착이론에 의하면 영아는 출생 후 2주간은 특정대상을 구별하지 않고 모든 대상에게 애착을 보인다고 한다. 그 다음은 영아가 양육자와 남을 구분하면서 시작되는데 본격적인 애착이 형성되는 6~8개월까지 지속된다. 이후에 영아는 비로소 특정 대상에 대한 강한 집착을 보이며 애착대상과 떨어질 때 격리불안을 나타내고 낯가림도 서서히 나타난다. 이러한 격리불안은 2세~4세경에, 낯가림은 2세경에 사라진다고 한다.

애착이론에 대한 다양한 연구가 진행 중이긴 하나, 최초의 사랑은 사랑을 받는 데서 시작한다는 것, 또 사랑을 받은 경험이 누군가와 사랑을 주고받는 데 영향을 끼친다고 보는 데 큰 무리는 없을 것이다. 그 영향력이 많고 적음에 차이는 있을지언정 말이다.

심리사회적 성격발달이론을 수립한 에릭슨(1902~1994)은 영아기때 안정된 애착 관계 형성이 성장 후 자신이 속한 세상에 대한 신뢰의 기초가 된다고 보았다. 영아는 배가 고프거나 몸이 아프거나 배변을 했을 때 울음으로 신호를 보낸다. 이 때 중요한 타인들로부터 즉시 만족스러운 보살핌을 받는다면, 자신을 둘러싼 세계와 관계에 대해 믿음을 갖게 된다는 것이다. 양육자들이 사랑과 관심을 많이 쏟을수록 아기가 느끼는 사랑 역시 안정적일 것이다. 만약 반대로 아무리 울거나 보채도 욕구가 채워지지 않는다면 불신을 가지게 되는 것이다.

피아제(1896~1980)는 인간이 주어진 환경에 적절히 적응하기 위해 정신구조를 바꾸어 간다는 인지발달적 접근을 했다. 즉 자신이 지닌 정신구조에 새로운 정보를 받아들이는 '동화'와 외부의 새로운 정보에 맞춰 자신의 구조를 바꾸어 가는 '조절'에 의해 발달을 이루어 간다는 것이다. 따라서 아동에게 애정과 신뢰감을 주는 환경적 자극을 많이 줄수록 긍정적이고 안정적인 심리적 발달을 이룰 수 있는 것이다.

부럽다 리모콘 박혜선

퇴근하신 아빠
소파에 앉아
리모콘을 찾는다.

도돌도돌 튀어나온 숫자들
아빠가 엄지손가락으로
누를 때마다
-네 네 네 네.
화면을 착, 착, 바꿔 주며
말도 잘 듣는다.

숙제를 하다 말고
아빠를 쳐다본다.

-니네 아빠 손
얼마나 따뜻한지 모르지?

-너, 아빠 품에서
잠든 적 있어?

으 으 으~

손바닥만한 게

아빠 옆에 짝, 달라붙어 날 놀린다.

『붕어빵 아저씨 결석하다』(푸른책들, 2002) 수록

아빠를 텔레비전에 빼앗긴 아이의 심정이 잘 나타난 이 시를 읽은 지현(여, 10세)이가 시적 화자인 아이에게 이렇게 말했다.

"리모콘을 확 뿌셔버리지, 짜증난다.
너도 나처럼 엄마 아빠의 사랑을 많이 받고 싶구나.
리모콘 같은 물건이나 부럽게 생
각하고.
차라리 내가 리모콘이었으면 하
는 생각이 든 거지?"

아이들에게 부모의 사랑은 아무리 많이 받아도 채워지지 않는다. 게다가 부모의 사랑 방식과 아이들이 원하는 방식이 차이를 보일 때는 오해가 생기기도 한다. 나아가 부모와 자녀 사이에

『붕어빵 아저씨 결석하다』
초록손가락 글, 권현진 그림,
푸른책들, 2002

신뢰 관계와 의사소통에 어려움을 겪기도 한다.

다음은 사랑하고 싶고, 사랑받고 싶은 아이들의 '사랑'에 대한 솔직한 감정을 표현한 글 중에 먼저 부모에 대한 것이다.

지현이에게 아빠의 사랑에 대한 방해꾼이 리모콘이었다면, 혜진이 (여, 11세)에게는 가장 가까운 사이인 동생이다.

사랑의 슬픔

동생아, 부럽다.
만날 부모님의 사랑을 차지하니.

난 니네가 정말 얄밉다.
어쩌면 그렇게 사랑을 독차지하니?

난 니네 동생들이
정말 얄미워, 정말.

상담실에 오는 아이들 중에 간혹 부모들이 형제간의 갈등을 호소하는 경우가 있다. 형제 자매들은 외모나 신체 조건, 학업 능력이 비교를 당하기 쉽다.

"동생이 형보다 키가 크네.", "언니가 동생보다 얼굴이 예쁘구나.",

"큰 애는 공부를 잘하는데 작은 애는 걱정이야."와 같이 무심코 던진 말들이 아이들에게는 큰 상처가 된다. 그래서 형제간의 작은 다툼도 종종 큰 싸움으로 번진다. 이럴 때 부모들은 아이들끼리의 관계나 아이들의 성격에 문제가 있다고 판단하기 쉽다.

그러나 상담을 진행하다 보면, 아이들은 자기들끼리의 관계보다 자신에 대한 부모의 평가와 개입하는 부모의 태도에 더욱 큰 상처를 받고 있음이 나타난다. 엄마 아빠가 나보다 다른 형제를 더 사랑하고, 더 인정하고, 더 편을 들어준다고 생각하기 때문에 더 싸우고, 더 떼를 쓰고, 더 삐뚤어진 행동을 하는 것이다. 부모가 나를 덜 사랑한다고 생각하는 동안 자존감은 낮아지고 모든 일에 의욕과 성취도 역시 떨어진다.

이럴 경우 부모들은 자신들의 사랑이 공평함을 알려 주기 위해 기존의 훈육 방식을 고수한다. 예를 들면, 떼를 쓸 경우 무조건 벌을 주겠다는 원칙에 맞춰 떼를 더 많이 쓴 자녀에게 지속적으로 벌을 주는 것이다. 그러면 아이는 계속해서 부당하다고 여기고 부모의 사랑에 대한 의심은 점점 커져만 간다. 물론 떼를 쓰거나 폭력을 사용할 때는 사전에 예고된 벌칙을 사용해야 하지만, 아이의 감정을 세심하게 읽어 주고, 마음을 보살펴 주는 게 우선이다. 아이가 충분하다고 느끼고 자신에 대한 부모의 사랑에 의심이 사라질 때까지 그렇게 한다. 그런 다음에 '사랑도 나누는 것'이라는 걸 이해시키고 스스로 깨달아 가는 과정을 거쳐야 한다.

형제긴 갈등은 같은 부모 아래 속한 관계이기 때문에 간과하기 쉽지만, 사실 그렇기 때문에 더 힘든 문제다. 성경에서는 인류 최초의 살인으로 아담과 이브의 자녀인 형 카인이 동생인 아벨을 죽인 이야기를 기록하고 있다. 신학적, 신화적, 상징적으로 여러 가지 해석이 가능하나 표면적으로 이 역시 아버지의 사랑에 대한 질투 때문에 벌어진 결과다.

생각해 보라, 형의 입장에서는 온 가족의 사랑을 독차지하던 자신에 대한 관심이 어느 날 태어난 동생이란 조그만 녀석에게 옮겨간 것을 바라만 봐야 하는 심정을. 동생의 입장에서도 태어나는 순간부터 경쟁자가 버티고 있다는 건 결코 쉬운 일이 아니다. 그래서 대부분의 동생들이 맏이보다 눈치도 빠르고 애교도 더 많은데, 이는 경쟁에서 이기기 위한 깜찍한 생존전략이라고 볼 수도 있는 것이다.

물론 형제란 적절한 경쟁과 서로간의 모방을 통해 성장하는 관계다. 때로는 조언자가 되기도 하고 협력자가 되기도 하면서 평생을 함께 가는 친구가 되는 것, 이것이 같은 부모라는 소속을 둔 세상에서 유일한 관계라는 진리는 두말할 필요도 없다.

사춘기, 사랑을 말하다

우리 몸은 다른 모든 생명체와 마찬가지로 태어난 순간부터 평생 동안 변화한다. 개인별로 약간의 차이는 있지만, 대개 여자아이들은 11세~13세 사이에, 남자아이들은 이보다 조금 늦은 12~15세 사이에 사춘기를 겪게 된다. 이 시기가 되면 성인이 되기 위한 급격한 변화를 겪는데, 여자아이는 더 여성스러워지고 남자아이는 더 남성스러워진다.

사춘기를 청소년기라고도 하는데, 아이와 어른 사이의 중간 시기라고 말할 수 있다. 이 때는 몸의 변화 말고도, 어른이 되면서 갖게 되는 새로운 생각과 감정, 인간관계, 책임감 등 정서적이고 심리적인 변화도 함께 생긴다.

이러한 변화의 원인은 호르몬 때문이라고 알려졌는데, 호르몬은 그리스어에서 유래 된 말로 '자극하다, 다른 물체를 움직이게 하다'는 뜻이라고 한다. 호르몬은 우리 몸 곳곳에서 분비되는 화학물질로, 성적 성숙과 관련된 특별한 호르몬은 신체의 생식기관과 그 둘레에 변화를 일으키고, 어떤 호르몬은 몸 전체를 변하게 한다. 이러한 호르몬은 몸뿐 아니라 기분이나 느낌에도 영향을 준다.

사춘기는 아직 도움이 필요한 어린이 마음과 이제 혼자서 무엇이든 하려고 하는 어른의 마음이 공존하기 때문에 불안정하고 변화가 심한 특징을 보인다. 아이와 어른이 내부에서 충돌하면서 빚는 사춘기 현상은 외모와 이성에 관심이 많아지고, 독립심이 강해지고, 영웅심과 반발심, 열등의식과 좌절감이 생긴다. 또 지능이 급속히 발달하는 때이며 감정의 기복 역시 심하다.

따라서 이 시기 청소년들과 대화하고 싶다면, 이들이 쉽게 상처받고 이유 없이 화가 나며 때때로 슬퍼진다는 것을 이해해야 한다. 부모는 자녀에게 말하기 보다는 듣고, 존경받기 보다는 존중하고, 이기기보다

『교환일기』
오미경 글, 최정인 그림,
푸른책들, 2005

는 이해하고, 포기하기보다는 믿어 준다면, 자녀의 힘든 시기를 의미 있는 성장기로 지킬 수 있을 것이다. 부모와 자녀 관계에서 승리를 고집하면 권위주의를 지킬 수 있지만, 승리를 포기하면 권위가 선다.

다음은 가정환경이 각기 다른 사춘기 아이들이 친구관계를 통해 성장하는 내용의 동화 『교환일기』(푸른책들, 2005)와 신체적 변화를 통해 사춘기로 접어드는 이야기를 다룬 동화 『열살 소녀의 성장 일기』(거인, 2007) 책을 읽고, '어른이 된다는 것'에 대해 아이들이 한 줄씩 이어서 완성한 공동 시다.

내가 어른이 된다는 건

사춘기가 된다는 건
속이는 게 많아지는 것
엄마한테 대들고 짜증내게 되는 것
나는 뭘까, 나는 왜 이럴까 하고 생각하는 것
짜증도 나고 신경질 부리는 것
목소리가 바뀌는 것

키가 많이 자라지 않는 것
옷이 작아지는 것
키가 크는 것

어른이 된다는 건
성숙해지는 것
사랑을 나눌 수 있는 것
혼자서 밥을 먹을 수 있는 것
내 꿈을 이룰 수 있는 것

사춘기 아이들에게 있어 무엇보다 관심이 가는 것은 '이성에 대한 감정'일 것이다. 다음은 이성 친구를 혼자 좋아하기도 하고, 사귀기도 하고, 헤어지기도 하면서 배워가는 '사랑'에 대한 감정을 표현한 글이다.

사랑 상우(남, 12세)

사랑은
절대로 깨지지 않는 사랑과
잘 깨지는 사랑이 있다.

잘 깨지는 사랑은
한 번 보면 쉽게 다른 사람을 본다.

잘 깨지지 않는 사랑은
한 번 보면 쉽게 다른 사람을 보지 않는다.

사랑은 깨지기 쉬운 장식품일 뿐이야! 희진(여, 11세)

사랑은 깨지기 쉬운 장식품일 뿐이야!
장식품처럼 사랑은 빨리 깨지거든!
그러니까 오래 가지 못해, 우정두…… .
사랑은 불량품 장식품이야!

사랑 경수(남, 12세)

나는 어릴 때부터 사랑하는 사람을 모두 예상했으면 좋겠다.
사랑은 인생에 단 한 번 밖에 없다.
사람은 애기로 태어나서 성장하면 서로 사랑하는 사람을
만나 둘은 결혼을 하고 부부가 된다.

그게 사랑이다.

그게 누군지 미리 알면 좋을텐데…….

대표적 미남 영화배우 장동건의 외모를 닮은 상우는 주로 여자아이들이 먼저 관심을 보인다. 새침떼기 희진이와도 한때 공식 커플이었으나 지금은 아니다. 둘 다 깨어진 사랑의 아픔을 주제로 시를 남겼다.

경수는 과정보다 결과를 미리 알고 싶어 한다. 경수의 시를 들은 아이들은 '그러면 너무 편하겠다'와 '너무 시시하다'로 의견이 나뉘었다. 어느 게 좋을지는 겪어보는 수밖에 없을 것이다. 때로는 사랑의 과정이 사랑의 결과보다 더 큰 힘을 발휘하기도 하니까.

단편 「우리들의 움직이는 성」(『짜장면 불어요』에 수록, 창비, 2006)은 인기짱 남자아이와 평범한 여자아이가 이성에 눈뜨는 첫사랑의 과정을 보여 주며, 「벼랑」(『벼랑』 수록, 푸른책들, 2008)은 이성친구와 사귀기 위해 나쁜 어른과 거래하는 위태로운 성장기를 이야기한다. 지금, 여기에 청소년들의 삶을 현실적으로 그린 작품들로 아이들에게 호응도 높고, 사유의 폭도 넓혀 주는 책들이다.

『벼랑』
이금이 글, 푸른책들, 2008

그리움을 견디는 나만의 방법

사랑을 시작하고 사랑을 하는 과정도 중요하지만 사랑하는 사람과 헤어지는 것, 그리움과 기다림의 감정을 잘 다루는 것도 중요하다.

그림책 『귀를 기울이면』(풀빛, 2006)은 곁에 없어 보고 싶은 존재에 대한 그리움과 사랑에 대한 이야기를 다루고 있다. 아이는 오래 전에 곁을 떠난 아빠의 사랑을 느끼고 싶어 한다. 그런 아이에게 엄마는 걸음을 멈추고 귀를 기울여 보라고 말한다. 그러면 평소엔 들리지 않던 멀리서 나는 소리, 작은 소리를 들을 수 있게 된다. 그렇게 마음의 소리에도 귀를 기울이면 멀리 떨어져 있던 누군가가 보내는 사랑을 느낄 수 있을 것이다. 우리가 귀 기울이지 않으면 평소에 느끼지 못했던 언덕 너머 개 짖는 소리, 꽃잎이 떨어지는 소리들처럼 그는 항상 사랑을 보내고 있을 테니까.

한부모 가정 아이들이 많은 집단에서 이 책을 보았을 때, 집단의 특성상 부모와 이별을 경험한 아이들은 떨어져 사는 부모에 대한 그리움을 토로하고 나름대로 그리움을 다독이는 방법을 글로 표현했다.

『귀를 기울이면』
살로트 졸로토 글, 스테파노 비탈레 그림,
풀빛, 2006

● 상우(남, 12세)

얘야, 너는 너의 아버지가 죽어서
(상우의 해석) 슬프겠다.

그래도 아버지가 너를 더 사랑해.

나도 처음에 엄마와 아버지랑 같이 살다가 지금은 모두 떨어져서 살아.

그런데 같이 사는 것보다 떨어져 사니까 더 정이 들었어.

얘야, 너도 힘내.

● 다은(여, 12세)

아빠, 나 지금 아빠가 무지무지 보고 싶어.

나는 아빠가 외국에 있어서 전화하면 목소리를 들을 수 있고 이야기도 하지만, 책에 나오는 아이는 아빠와 이야기도 할 수 없네.

우리 엄마 아빠는 만날 싸워서 짜증나서 서로 이혼하기로 했지. 그래서 아빠는 먼 외국에 있고 엄마는 나와 같이 살아. 그래도 난 지금 이렇게 사는 것도 많이 행복하단다.

아빠, 다음에 나오면 꼭 만나자. 그 때까지 참으면서 기다릴게.

● 은지(여, 12세)

나도 니 마음 알아. 난 엄마와 같이 살지 않아. 나는 아예 만나지도 못해.

그리고 너는 아빠 얼굴과 이름을 아니?

나는 얼굴도 이름도 몰라.

하지만 나는 이렇게 용감하고 밝고 명랑하게 지내. 너는 어리지만 이런 슬픔을 꾹 참고 용감하고 밝고 명랑하게 지내길 바래. 앞으로 잘 지내.

● 지현(여, 12세)
나도 너처럼 어렸을 때 헤어져서 아빠가 없어. 그리고 나도 귀를 기울여서 아빠의 사랑을 받고 싶어. 아빠가 없어서 너무 속상해 하지 마. 이 세상에 아빠가 없는 사람 많아. 나는 벌써부터 없었어. 그러니까 그렇게 생각을 해 봐.

● 예인(여, 12세)
나는 엄마랑 떨어져 산다. 그래서 그런지 오늘 같이 우울한 날이면 항상 엄마가 그립다. 아무 때나 볼 수도 없고 만나는 것도 두 달에 한 번. 그래서 하루 중에서 자는 것이 좋다. 꿈속에서는 마음대로 만날 수 있기 때문이다. 그런데 이 책을 읽으니깐 더 보고 싶은 생각은 무엇일까?
엄마, 보고 싶다.

아이들은 이렇게 상실과 헤어짐을 받아들이고 나름대로 현실을 이해하며 견뎌가고 있다. 시간이 지나도 그리움이 퇴색되지 않는 건 그리운 대상이 멀리서 보내는 사랑이 있음을 믿어 의심치 않기 때문일 것이다.

그리운 존재에 대한 믿음은 언제 어디서나 함께하며 자신을 지켜준다는 믿음으로 발전하기도 한다.

● 진규(남, 11세)

할아버지, 할아버지가 돌아가신지 8개월이 지났군요. 저번에 집에 도둑이 들어올 걸 알고 엄마 꿈에 나와서 조심하라고 했죠? 정말 도둑이 들어왔지만 별로 잃어버린 게 없었어요.
저는 그걸로 감사합니다. 계속 계속 우리 가족을 지켜 주세요.

● 세연(여, 11세)

외할아버지, 저는 외할아버지가 돌아가신지 며칠 후보다 지금이 더 보고 싶어요.
내가 3학년 때 시골에 놀러 가는 중이었어요. 그 때는 겨울방학이었는데 길이 미끄러웠어요. 그래서 아빠가 운전하다가 차가 미끄러졌어요. 그 때 저는 자고 있었는데, 미끄러지는 순간 깜짝 놀랐어요. 그런데 엄마가 돌아가신 외할아버지가 도와줬다고 말해서, 우리는 다행히 사고가 안났어요. 돌아가셨어도 우리를 지켜주시니 고맙습니다.

청소년 소설 『리버보이』(다산책방, 2007)에서 함께 보내는 마지막 시간에 뭘 해 줄까 묻는 할아버지에게 손녀딸은 "그냥 행복해 주세요."

라고 사랑을 전한다. 『안녕 할아버지』(창비, 1984) 역시 사랑하는 할아버지가 돌아가시면서 남긴 편지를 통해 손자는 "할아버지는 정말 돌아가신 것이 아니거든요. 누군가 할아버지를 생각하고 있는 한…."이라며 이별을 받아들인다.

그리운 존재를 마음속에 기억하고 함께 하고 있다는 믿음 역시 그리움을 견디는 방법 중에 하나일 것이다. 미움과 원망, 슬픔보다 사랑은 삶의 긍정적인 씨앗임에 틀림없으니까.

또래 주인공에게 배우는 사랑과 이별

『루카-루카』(풀빛, 2002)는 파니가 루카라는 이성친구와 사귀게 되

『루카-루카』
구드룬 멥스 글, 미하엘 쇼버 그림,
풀빛, 2002

는 과정의 심리와 사건들을 사춘기 아이들의 시각에 잘 맞춰 그려낸 동화다. 독일 작품으로 아이들이 놀이터에서 뽀뽀하는 장면이 나오는데, 이 책을 본 열두 살 독자들이 '우리나라에선 12세 이상만 읽어야 한다'고 나이 제한을 설정해 함께 웃었다. 이미 사춘기에 접어 든 파니는 동성 친구의 남자다움에 마음을 빼앗긴 루카와 이별을 겪게 된다. 또래 주인공의 이야기를 통해 아이들은 사랑

과 이별을 받아들이고 배워간다.

● 송이(여, 12세)

정말 난 루카와 파니 사이에 파이너가 낀 게 못마땅하다. 그리
고 루카도 잘못이 크다고 생각한다. 루카는 자기의 친구를 버
린 것과도 같다.

나와 내가 좋아하는 남자친구는 그러지 않았으면 좋겠다. 정말
나도 사춘기라서 재미있었다.

그런데 이 이야기는 우리나라에서 정말 일어날 수 없는 초등
학생 이야기라고 생각한다. 재미있지만 좀 아찔한 장면도 있
었다. 루카와 파니가 손을 잡고 있을 때…….

• 혜인(여, 12세)

『루카 루카』를 읽고 나서 파니가 느낀 첫사랑과 그 이별의 감정을 잘 전해주는 책인것 같았고, 파니가 느낀 이별이라는 것은 많이 힘들고 슬픈 것 같다. 하지만 파니의 마음을 알아주지 않는 루카는 냉정한 것 같다. 좀더 루카가 생각이 깊었더라면 파니의 마음을 느낄 수 있을것이다.
『루카 루카』라는 책을 통해 사춘기 아이들의 사랑과 우정에 대해 생각을 하게 하는 아름다운 책이다.

사랑을 주제로 다양한 상황과 진지한 관점으로 다뤄진 책들을 읽고 이야기를 나누면서 아이들은 스스로 길을 찾아가곤 한다.

사랑의 조건

너를 사랑해 언제까지나
너를 사랑해 어떤 일이 닥쳐도
내가 살아 있는 한
너는 늘 나의 귀여운 아기

『언제까지나 너를 사랑해』(북뱅크, 2000)

아기가 태어나면서 어른이 될 때까지 엄마의 사랑이 가득 담긴 자장가가 반복되는 이 책을 복지관의 발달 장애 아동들에게 읽어준 적이 있다. 그날 아이들의 반응보다 참관 중이던 대학생들과 자원봉사 나온 할아버지들의 반응이 기억에 남는다. "그래, 그렇지. 우리의 사랑은 그렇게 시작되었지."

『사랑해 사랑해 사랑해』
버나뎃 로제티 슈스탁 글, 캐롤라인 제인 처치 그림, 보물창고, 2006

사랑에는 조건이 없다. 최초의 사랑은 조건 없이 시작되었다. 그것을 우리가 어느새 잊고 있을 따름이다.

> 사랑해, 사랑해.
>
> 우리 아가를 사랑해.
>
> …… (중략)
>
> 네가 행복할 때나
>
> 슬플 때나
>
> 말썽을 부릴 때나
>
> 심술을 부릴 때도
>
> 너를 사랑해.
>
> …… (중략)
>
> 사랑해, 사랑해.
>
> 우리 아가를 사랑해.

어제도, 오늘도, 내일도
언제까지나 너를 사랑해.

『사랑해 사랑해 사랑해』(보물창고, 2007)

　　사랑받은 경험은 다른 이를 사랑하는 힘이 된다. 이 책을 보고 난 아이들이 어린 시절 받았을 사랑을 기억하며 미래 자신의 아기를 위하여 자장가를 지었다.

아가에게 민준(남, 12세)

앙증맞은 눈
앙증맞은 코
앙증맞은 입
앙증맞은 얼굴
너는 참 귀엽단다.

앙증맞은 손
앙증맞은 발
앙증맞은 몸
너는 참 사랑스럽단다.

이 세상에서 너는
누구보다 더 귀엽고
제일 사랑스럽단다.

자장가 은서(여, 13세)

아가야 아가야
사랑스런 아가야
울 때도 우울할 때도 난 니 곁에 있어.

언제나 행복하게 웃어라
아가야 아가야

놀 때처럼 행복하게 웃어라
아가야 아가야

아가야 사랑해 사랑해
언제까지나 사랑해 사랑해

아이들의 사랑은 웃음을 짓게도 하고, 안타깝기도 하고, 때로는 애

달프기도 하다.

어른들은 우리 아이들이 사랑이 가득한 삶을 살길 원한다면, 모든 아이들을 아낌없이 사랑해 줘야 한다. 착한 일을 해서, 공부를 잘해서, 심부름을 잘해서가 아니라 아이의 존재 그 자체로 사랑해야 한다.

그리고 어른들이 아이들 앞에서 서로 서로 사랑하는 모습을 보여 줘야 한다.

이 책에 실린 책들

『가만히 들여다보면』 윤동주 외 글, 한유민 그림, 최윤정 엮음, 문학과지성사, 2002

『강아지 똥』 권정생 글, 정승각 그림, 길벗어린이, 1996

『거인들이 사는 나라』 신형건 글, 김유대 그림, 푸른책들, 2000

『교환일기』 오미경 글, 최정인 그림, 푸른책들, 2005

『귀를 기울이면』 샬로트 졸로토 글, 스테파노 비탈레 그림, 김경연 옮김, 풀빛, 2006

『난 집을 나가 버릴 테야!』 우르젤쉐플러 외 글, 원유미 그림, 엄혜숙 엮음, 푸른나무, 1996

『너는 특별하단다』 맥스 루케이도 글, 세르지오 마르티네즈 그림, 아기장수의 날개 옮김, 고슴도치, 2002

『눈 오는 밤』 닉 버터워스 글·그림, 사계절, 1999

『돌멩이도 춤을 추어요』 힐데 하이두크 후트 글·그림, 김재혁 옮김, 보림, 2000

『따로 따로 행복하게』 배빗 콜 글·그림, 고정아 옮김, 보림, 1999

『루카―루카』 구드룬 멥스 글, 미하엘 쇼버 그림, 김경연 옮김, 풀빛, 2002

『리디아의 정원』 사라 스튜어트 글, 데이비드 스몰 그림, 이복희 옮김, 시공주니어, 1998

『리버 보이』 팀 보울러 글, 정해영 옮김, 다산책방, 2007

『모든 가족은 특별해요』 토드 파 글·그림, 원선화 옮김, 문학동네, 2005

『문제아』 박기범 글, 박경진 그림, 창비, 1999

『벼랑』 이금이 글, 푸른책들, 2008

『부루퉁한 스핑키』 윌리엄 스타이그 글·그림, 조은수 옮김, 비룡소, 1995

『붕어빵 아저씨 결석하다』 초록손가락 글, 권현진 그림, 푸른책들, 2002

『사랑해 사랑해 사랑해』 버나뎃 로제티 슈스탁 글, 캐롤라인 제인 처치 그림, 신형건 옮김, 보물창고, 2006

『슬픔을 치료해 주는 비밀 책』 카린 케이츠 글, 웬디 앤더슨 홀퍼린 그림, 조국현 옮김, 봄봄, 2005

『실험 가족』 배봉기 글, 박지영 그림, 푸른책들, 2003

『쏘피가 화나면- 정말, 정말 화나면…』몰리 뱅 글·그림, 이은화 옮김, 케이유니버스, 2000

『아빠는 지금 하인리히 거리에 산다』네레 마어 글, 베레나 발하우스 그림, 이지연 옮김, 아이세움, 2001

『아툭』미샤 다미안 글, 요쳅 빌콘 그림, 신형건 옮김, 보물창고, 2004

『안녕 할아버지』엘피 도넬리 글, 차경아 옮김, 창비, 1984

『어느 날 내 인형이 편지를 보냈어요』마르틴 발트샤이트 글, 타치아나 하우프트만 그림, 조원규 옮김, 주니어김영사, 2004

『어린이 이야기 치료』앨리스 모건 글, 손철민 옮김, 은혜출판사, 2004

『언제까지나 너를 사랑해』로버트 먼치 글, 안토니 루이스 그림, 김숙 옮김, 북뱅크, 2000

『엄마를 화나게 하는 10가지 방법』실비 드 마튀이시왹스 글, 세바스티앙 디올로장 그림, 이정주 옮김, 어린이작가정신, 2004

『여우의 전화 박스』도다 가즈요 글, 다카스 가즈미 그림, 햇살과나무꾼 옮김, 크레용하우스, 2000

『열 살 소녀의 성장 일기』조 오스랑트 글, 김준영 그림, 김영신 옮김, 거인, 2007

『오소리가 우울하대요』하이어원 오람 글, 수잔 발리 그림, 신형건 옮김, 보물창고, 2008

『옛이야기의 매력』브루노 베텔하임 글, 김옥순, 주옥 옮김, 시공주니어, 1998

『잔소리 없는 날』안네마리 노르덴 글, 정진희 그림, 배정희 옮김, 보물창고, 2004

『조각보 이불』최지현 외 3인 글, 이상현 외 그림, 푸른책들, 2005

『지구별에 온 손님』모디캐이 저스타인 글·그림, 신형건 옮김, 보물창고, 2005

『짜장면 불어요』이현 글, 윤정주 그림, 창비, 2006

『특별한 손님』안나레나 맥아피 글, 앤서니 브라운 그림, 허은미 옮김, 베틀북, 2005

『틀려도 괜찮아』마키타 신지 글, 하세가와 토모코 그림, 유문조 옮김, 토토북, 2006

『화』틱낫한 글, 최수민 옮김, 명진출판, 2002

『힘든 때』바바라 슈크 하젠 글, 트리나 샤르트 하이만 그림, 이선오 옮김, 미래아이, 2005

참고 문헌

『그림을 통한 아동의 진단과 이해』 신민섭 외, 학지사, 2003

『긍정심리학』 마틴 셀리그만 글, 김인자 옮김, 물푸레, 2006

『내 아이와 어떻게 대화할 것인가』 율리아 기펜레이테르 글, 임 나탈리야, 지인혜 옮김, 써네스트, 2006

『독서치료』 김현희 외, 학지사, 2004

『독서치료 어떻게 할 것인가』 이영식, 학지사, 2006

『분석심리학』 이부영, 일조각, 1998

『비블리오테라피 : 독서치료, 책 속에서 만나는 마음치유법』 조셉 골드 지음, 이종인 옮김, 북키앙, 2003

『사회적기술 향상프로그램』 루스 웰트먼 베건, 응용발달심리연구센터 옮김, 시그마프레스, 2002

『심리상담과 치료의 이론과 실제』 제럴드 코리 글, 조현춘 옮김, 시그마프레스, 2003

『이야기 치료』 양유성 글, 학지사, 2004

『융의 분석심리학에 기초한 미술치료』 잉그리트 리델 글, 정여주 옮김, 학지사, 2000

『칼 로저스의 카운슬링의 이론과 실제』 칼 로저스 글, 한승호, 한성열 옮김, 학지사, 1998